不眠症騎士と抱き枕令嬢

登場人物紹介
セオフィラス・レイクハート
公爵家の次男。とある事件をきっかけに私設騎士団を組織し、その団長を務めている。
レティーシャ・ラファイエット
男性恐怖症の伯爵令嬢。めったに屋敷の外に出ないため、「引き籠もり令嬢」というあだ名をつけられている。おとなしく地味な性格。

セシル・
ベネディクト
レティーシャが
パーティーで
出会った人物。
レオナルド・
レイクハート
セオフィラスの兄。
穏やかで弟思い。
ランドルフ・
レイクハート
セオフィラスの弟。
自由奔放でセオフィラス
と仲が悪い。
エレアノーラ・
ラファイエット
レティーシャの一番上の姉。
婿をとりラファイエット家を
継いでいる。
フェリシア・
オズワルト
レティーシャの二番目の姉。
嫁いだあとも、エレアノーラと共に
妹の結婚相手探しに
奔走している。

第一章　運命の出逢いは薔薇《ばら》の咲く庭で

四年前、この国の女王が婚儀で純白のドレスを身にまとった。それはそれは素晴らしいドレスだったらしい。

その話は王国内だけに留《とど》まらず世界中に広まり、さすがは世界のファッションリーダーだと賞賛された。

花嫁を夢見る少女たちは女王に憧れて、乙女であることを示す純白のドレスに身を包んで式を挙げたいと願っている――


「ねえ、あなただってそうでしょ？　レティ」

そう金髪の美女に話を振られたレティ――レティーシャ・ラファイエットは紅茶に口をつけ、ぐっと自分の感情を押し殺した。

ええ、私だって着てみたいとは思うわよ。でも、性急ではありませんか、お姉さま。

レティーシャは不機嫌だった。だが、あからさまに嫌な顔をしたりはしない。伯爵令嬢らしく澄ました顔をして、聞きたくもない話に耳を傾けている。

もしここで不機嫌さを顔に出したら、お見合い話に花を咲かせている姉たちからこんこんと説教をされることだろう。

私たちの前だけならば許されるけれど、よそでそんな顔をしたら婚期が遠ざかるわ、嘆かわしい――などと、くどくど言われる気がする。

一人だけならまだしも、似たような調子で二人から文句を言われるのを想像すると、寒気がした。

姉たちはレティーシャの返答を待たずに会話を再開する。

「――あぁ、そうねぇ。あの伯爵家は植民地での事業が軌道に乗っているのが確かに魅力ね。でも、ご長男は女癖が悪いって噂されていなかったかしら？」

「では、ベネディクト伯の次男はいかが？　うちの旦那さまと手を組んで植民地事業をなさっている方なのですけど」

「今は賭け事に凝《こ》っていらっしゃるって話よ。失恋のショックで」

「あら、知りませんでしたわ。警戒しておきませんと」

顔も知らない人物の話題が、次々と姉たちの口から出てくる。

よくもまあ、そんなにたくさんの情報を知っているものだとレティーシャは素直に感心した。

もっとも、夫の事業に口出ししていると仕事以外の情報も集まるのかもしれない。姉たちがそれぞれの家をさらに大きくしようと、事業を展開するためのビジネスパートナーを常に探しているのだとすれば、自然なことなのだろう。

私もラファイエット伯爵家の一員として、政略結婚をするのかしら？　事業がうまくいっているおかげで収入は年々上昇しているらしいけれど、いろいろな伝《つて》があったほうが便利……だものね。

今までもラファイエット家の子どもたちはお見合いで結婚をし、家を守ってきたと聞いている。実際、目の前にいる二人の姉もお見合いで結婚した。

「レティに合う男性となると、やはり真面目な方でないと困るわ」

「しっかりしている方で、きちんとエスコートできる紳士じゃないと不安ですものね」

そう言い合って、二人の若い美女はうんうんと頷《うなず》き、同時にため息をつく。

待って。ため息をつかなきゃいけないくらい私に問題があるの？　だったら、結婚は諦めましょうよ。ねえ、今からでも遅くないでしょう？

姉たちはレティーシャのお見合い相手を見繕《みつくろ》う相談の真っ最中であるが、そこに同席しているにもかかわらずレティーシャ本人に発言権はない。自分の結婚相手の話でありながら、二人が決めたことに意見せずに承知するのがレティーシャのお仕事なのである。

これまでずっとそうしてきたから、今さら変えられない。人に判断を任せてラクな選択をし続けた結果だ。

ただ今回は、さすがに「お姉さまのおっしゃる通りにします」とは言えそうになかった。

男の人はなんだか怖い。それに、姉たちはいくらでももらい手があっただろうけど、自分は……

長姉のエレアノーラと次姉のフェリシアの二人を交互に見る。彼女たちは評判の美人だ。レティーシャもそう思う。

二人の姉は母親の血を濃く受け継いでおり、黄金色のふわふわとした髪とサファイアのような澄んだ青い瞳を持つ美女だ。目鼻立ちもはっきりしていて、遠くから見ても目を引く華やかさがある。

一方のレティーシャは物心がつく前に亡くなった父親に似ているらしく、まっすぐな赤毛に青みがかった灰色の瞳の幼い顔立ち。同じ血を引く姉妹だというのに、こんなにも違うものかとがっかりしてしまう。

女王さまが着ていたような白いウェディングドレスには憧れるけど……どうせお姉さまたちほど似合わないもの。

女王が結婚式で純白のウェディングドレスを着る以前はカラードレスが一般的だった。

次姉のフェリシアは流行に敏感で、女王の結婚式の話を聞くや予定していたカラードレスをキャンセルし、その四ヶ月後に行われた自分の結婚式には純白のウェディングドレスで臨んだ。先に結婚していたエレアノーラがそれを羨《うらや》ましがり、式のあとで着させてもらっていたのをよく覚えている。

「どこかにレティにぴったりの素敵な殿方はいらっしゃらないものかしらね」

「そうね……。お母さまがいかにうまく結婚相手探しをしていたのか、感心いたしますわ」

レティーシャは二人の姉を見ながら、憂鬱《ゆううつ》な気持ちが顔に出ないように気を張っていた。

婿を迎えて仲睦《なかむつ》まじい夫婦生活を送っているエレアノーラとも、実家からそう遠くないオズワルト伯爵家に嫁《とつ》いでいったフェリシアとも仲は良好なのだが、今は非常に居心地が悪い。

そもそも、フェリシアからお茶会に呼ばれたときにこうなることに気づくべきだったと、レティーシャは後悔する。気づけるだけの要素はいくつかあった。

レティーシャは今年で十七歳だ。ラファイエット家の娘たちは十八歳までに結婚をするのが常であるため、そろそろ縁談をまとめねばならない。そういう暗黙の了解があることは、姉たちの結婚を見たり母の話を聞いたりして、レティーシャも理解している。

ちなみに姉たちに結婚相手を紹介した母は一昨年《おととし》に病死。それで、二人の姉がその役割を果たそうと精を出しているのである。

「あ。あの方はどうかしら？」

一度暗礁《あんしょう》に乗り上げたかのような空気になったものの、エレアノーラが新たな候補者の名前を挙げたので再び話が盛り上がりを見せる。

「ほら、レティは覚えていないかしら？　いつかのパーティーで紹介したことがあったでしょう？　せっかくダンスにお誘いくださったのに、あなたが断って逃げ出しちゃった方。あのあとフォローするのが大変だったのよ」

確かにそんなことがあったかもしれないが、男性が怖くて相手の顔すら見られなかったレティーシャの記憶に残っているわけがない。

「あれからますますパーティーを遠ざけるようになってしまったのよね。無理にでももっと連れ出しておくべきだったわ」

「そうねぇ。引き籠《こ》もり令嬢なんて噂されているみたいだし――」

「どう紹介したものかしらね。次に招待状が来たら、縁談のためにも絶対に行かせませんと」

やたらと張り切る姉たちを横目に、レティーシャは笑顔が引きつりそうになるのをなんとか根性で堪《こら》えた。

そのあとも姉たちは随分と昔のパーティーの話題を出して、レティーシャが顔を合わせたことがある人物の名前を次から次へと口にする。しかし、レティーシャは相手の顔も素性も思い出せなかったし、次第に思い出そうと努力する気力も薄れていった。

あぁ。綺麗な庭園を眺めながらのお茶会だというのに、台なしだわ。

とても美しいと話題になるほどのオズワルト邸の庭園を見渡せるテラスにいるというのに、レティーシャはそれを愛《め》でることができなかった。過ごしやすいこの季節は薔薇《ばら》がいたるところに咲いており、風に乗る香りも素晴らしいが、それを観賞している気持ちの余裕がない。

もうほっといてほしいのに、姉たちはレティーシャの結婚相手の話題で盛り上がっている。彼女の気持ちを思いやってはくれそうになかった。

どうせ話を聞いてもらえないし、しばらく席を外してしまいましょう。

「あの、お姉さま」

お手洗いに行きたくなったと告げると、二人はすぐに了承する。

「場所はわかるわよね？」

「ええ。前にも来たことがありますから」

「そう。今日はあなたたちを招く都合で警備を頼んでいるから、騎士団の方に出会ったらきちんとご挨拶をするのよ」

「騎士？」

騎士団と聞いて、レティーシャは緊張する。

「ええ。私が嫁《とつ》いだ少しあとに、オズワルト伯爵さまの妹さんがある事件に遭《あ》って亡くなったでしょう。犯人も捕まっていないし、その他にも不穏《ふおん》なことが続いたからって、用心して頼んでいるのよ」

これまで姉の家に遊びに来たときはすべて屋内だったためか、レティーシャには初めて聞く話だった。同席しているエレアノーラが顔色を変えなかったところを見ると、彼女は事情を知っていたのだろう。

「まあ、そのようなことが。わかりましたわ。お会いしたら挨拶、ですね。――失礼いたします」

見知らぬ男性と会うかもしれないというのは気になるが、姉たちの話を聞いていても面白いことなど微塵《みじん》もない。

レティーシャは騎士団という単語を頭の片隅に追いやりながら、自分の結婚相手選びの場を抜け出したのだった。

フェリシアが嫁《とつ》いだオズワルト伯爵家の庭は、この一帯でも有名な薔薇園《ばらえん》である。手入れが行き届いている様《さま》も、敷地面積もおそらく国一番だと言えるだろう。今の季節は薔薇《ばら》があちらこちらで咲き乱れ、心地よい芳香を漂《ただよ》わせている。散策するにはとてもよい。

あぁ、やっぱりあの場を離れて正解ね。エレアノーラお姉さまもフェリシアお姉さまも、あのようなつまらない話などせず、この庭を楽しめばよろしいのに。

庭を回りながら適当に時間を潰し、あとで道に迷ってしまったことにして戻ろうとレティーシャは決めた。テーブルについているだけで気が滅入ってしまうのだから、このほうがずっと健康的だ。

ただでさえ、部屋に籠《こ》もりっぱなしなのですもの、たまにはこうして身体を動かしませんとね。

レティーシャは病気がちで家から出られないというわけではない。むしろ二人の姉たちと比べて丈夫だ。

テラスでお茶を楽しむのは好きだし、こうして一人で庭を散策するのも好んでいる。だが、街を歩いたりパーティーに出席したりなど、人の多い場所に行くのはどうしても嫌だった。

レティーシャは姉の声が聞こえないところまで離れると、深呼吸する。

頭上には青空が広がり、風が気持ちよい。小鳥のさえずりや木々の囁《ささや》きも気分を穏やかにしてくれた。本当に素敵な庭園だ。

大輪の薔薇《ばら》を見つけたレティーシャは、ゆっくりと近づくと顔を寄せた。強い芳香が鼻先をくすぐる。

あぁ、良い香り。香水が邪魔に感じられますこと。

ラファイエット家のお屋敷を出る前の身支度をレティーシャは思い出す。エレアノーラに淑女らしくすべきだと身だしなみを整えさせられ、首もとに今人気があるという香水をつけられてしまった。化粧に興味がないレティーシャには香水が不要と感じられたが、家長である長姉の命令なのでどうにもならなかったのだ。

「……おや？　こんな場所でいかがしましたか、お嬢さま」

ふいに男性の低い声がして、レティーシャはびくりとする。強張《こわば》る身体をできるだけ自然な動きに見せようと心がけながら、声をかけてきた人物に顔を向けた。

最初に目に入ったその人物の瞳を見て、レティーシャははっと息を呑む。

心を奪われるというのは、今みたいな状況を指すのだろうか。

なんて素敵な色……

彼のアメジストのような美しい瞳に魅入られて、レティーシャは立ち尽くした。

そこに立っていたのは、二十代前半ほどの騎士の青年だ。庭園の警備中らしく、腰に剣を携《たずさ》えている。

艶《つや》のある黒髪、凛々《りり》しい目をした精悍《せいかん》な顔立ち。ほどよく日に焼けている肌とがっちりとしたシルエットから、彼が日頃から仕事に励んでいることが想像できた。その立派な体格にレティーシャは彼が男性であることを強く意識してしまう。

お姉さまが言っていたお庭の警備の方よね？　それにしては、気品を感じるのだけど……

相手が複数人じゃなくてよかったと思う一方で、一対一でも男性をうまくやり過ごせるだろうかとレティーシャは強く不安を感じた。

「お付きの者はいらっしゃらないのですか？」

青年は辺りに人がいないのを確認すると、優しげな声で問いかけてきた。

「は、はい」

緊張で、声がつい小さくなってしまう。

レティーシャは青年を意識しないように、視線を足もとに向けた。彼との距離は近すぎず遠すぎずの適度な間隔が保たれている。これならなんとか自然に会話することができそうだ。

「あなたはこの屋敷の方ではないみたいですね。お一人では迷ってしまいますよ」

貴婦人たちが好む散歩用のドレスを着ているのを見て、彼はレティーシャを客人だと判断したらしい。警備を頼むほど広いこの庭を一人でうろうろしているのは、何か困ったことがあったからに違いないと考えたようだ。

一般の婦女子であれば、こうして声をかけてくれる人物に好感を持つことだろう。

しかし、レティーシャはこの場からすぐに立ち去りたかった。

「し、心配には及びませんわ。道なら覚えておりますし」

「そうおっしゃられても、不安になります。どうでしょう、俺がお供するというのは」

な、なんですって！

まさか同伴を申し出てくるとは考えていなかった。不審者だと思われなかったのは幸いだが、このまま二人きりで行動するなどあり得ない。

そう、レティーシャは極度に男性が苦手なのだ。

一体どう断れば……

想定外の提案に、レティーシャは黙り込む。俯《うつむ》いたまま、気づけばドレスを強く握りしめていた。緊張が続くとやってしまう癖だ。社交界デビューしたときにもそのせいで、声をかけてくれた男性を不快にさせてしまったことが脳裏をよぎる。

あぁ、いけない。何かお答えしないと……

そう思っているのに唇は動かない。心拍数が上がり、冷や汗が流れる。

ふいに眩暈《めまい》を感じて、レティーシャの身体はゆらりと傾いた。

「危ないっ！」

薔薇《ばら》の木に向かって倒れそうになったところで、レティーシャの身体は青年に支えられた。

えっ？

しっかりと腰を引き寄せられ、顔色を窺《うかが》うべく添えられた左手で首の向きを誘導される。気がつくと彼の顔が目の前に迫っていた。鼻先が触れ、少しでも動いたら口づけができてしまいそうなほどに近い。

「ご気分が優れないようですね」

赤い髪を優しく撫《な》でられる。

異性にそんなことをされたことがないレティーシャは困惑した。状況が理解できず、身体が動かない。

縋《すが》るみたいに彼の胸もとを掴んだまま、その顔をまじまじと見つめてしまう。

そんなレティーシャを見つめ返していた青年は、何かに気づいたような表情を浮かべた。そして、レティーシャの耳もとに鼻先を寄せて告げる。

「――甘くてよい香りがします」

くすぐったさに耐えながら、レティーシャは香水のことを言っているのだろうかと考えた。そうでも思っていないと緊張でどうにかなってしまいそうだ。

「あ、あの……離してください。もう一人で立てます、から……」

抱きしめられた格好では落ち着かない。とにかく離れたいと伝えねばとしどろもどろに言う。

青年はレティーシャの言葉を聞いているのかいないのか、しっかりと腰を抱きかかえたまま、彼女の首筋に顔を埋《うず》めた。

「……すごく懐かしい」

彼の呟《つぶや》きが耳に入り、次の瞬間、視界がぐるりと回った。

「ひゃっ！」

レティーシャは小さな悲鳴を上げる。

何が起きたのか、すぐにはわからなかった。

身体が硬直して動かないので、目を何度も瞬《また》かせて、状況把握に努める。

青年に抱きしめられた状態で倒れたのだと理解するまでに、どれだけの時間がかかったのだろう。

レティーシャは青年に押し倒されていた。

ただ、彼は意識を失う直前まで配慮を怠《おこた》らなかったらしく、自分が下敷きになるように身体の向きを変えていた。おかげで痛い場所はなかったのだが。

何が起きているの？

青年はレティーシャを抱きしめ、ぴくりとも動かない。その腕から抜け出すと、やっと身体が自由になった。レティーシャはそっと上体を起こして横に移動し、彼を覗《のぞ》き込む。

ご病気なのかしら。

青年は意識を失っていた。目の下が薄《うっす》らと青くくすんでいるものの、顔色が優れないという印象はない。呼吸は穏やかで、気絶したというよりは眠ってしまっているように見える。外傷もなさそうだ。

よかった。命に別状はなさそうね。

今すぐ誰かを呼んで対処しなければならないほど、切迫した状況ではないとレティーシャは判断する。

心を落ち着かせ、改めて青年の顔に見入った。

それにしても、整った顔立ちをしている。

印象的だったアメジストの瞳はまぶたが閉じられていて見えないが、どの部分を見ても造形がしっかりしている。きりっとした眉もすっきりと通った鼻筋も、美しいと感じた。

こんな男性がいるんですね……

収まっていたはずの動悸《どうき》が激しくなった。

異性と二人きりで、しかもこんな至近距離にいることをつい意識してしまう。

レティーシャは急いで青年から離れた。すると、心拍数が平常に戻っていく。

でも、このままはよくないわ。

放置しておくわけにはいかないと思い直すも、彼のためにできることが浮かばない。

どうしましょう。

レティーシャは薔薇《ばら》の木の奥に小さく見えるお屋敷に目を向ける。人が来る気配はない。

それなりに離れている屋敷まで戻って助けを求めるにしても、ここに彼を置き去りにするのは気が引けたし、小柄で非力なレティーシャが彼を運べるはずもなかった。

他に何かできることはないかと考えるものの、結局は彼のそばにしゃがみ込んでおろおろしているしかない。

このまま日が暮れてしまったら困ると途方に暮れ始めた頃、複数の足音が近づいてきた。レティーシャたちの姿が見えたのか、その音が駆け足に変わる。

「どうかされましたか？」

すぐに警備をしていたらしい他の騎士が現れた。

眠ってしまった彼よりも幾分か幼い顔立ちの青年が二人いる。そのうちの一人がレティーシャのそばで倒れている人物を見るなり驚いた表情をした。

「レイクハート騎士団長！」

若い騎士は声をかけ、団長と呼びかけた人物の肩に触れる。

ああ、これでどうにかなりますわね……

ほっとしたレティーシャの意識はそこで途絶えた。

レティーシャが目覚めた場所は、オズワルト邸の一室だった。

様子を見てくれていたらしいフェリシアと目が合うなり、開口一番に文句を言われる。

「なかなか戻ってこないと思ったら、庭で倒れたなんて聞いてとっても驚いたわ」

「ご、ごめんなさい、フェリシアお姉さま……」

自分が倒れたのは確からしいが、それにしても庭で起きたことに現実感はない。あの青年はどうしているのだろう。気にはなるものの、夢だったのかもしれないと思い、レティーシャはあえて口に出さなかった。

けれど、フェリシアが大きく胸を反らして続ける。

「元気ならそれでいいわ。――でも、レティ。恋人がいるならいるってはっきり言ってくれたらよかったのに。こんなところでこっそり逢瀬《おうせ》なんてしてないで、もっと堂々とすればいいのよ」

へ？

なんのことを言われているのかわからない。

寝ぼけて聞き間違いでもしたのだろうかと首を傾《かし》げるレティーシャに、フェリシアはふわふわとした金髪を背中側に流しながら言った。

「レティの恋人がセオフィラスさまだったなんて！　公爵家の次男坊よ、次男坊！　私設騎士団を設立し、団長として仕切る有望なお方。『不眠の騎士』だなんて噂されるくらい仕事熱心で、文武ともに長《た》けているって話じゃない。これほどまでに文句のつけようのない素敵な恋人を、なんで私に紹介してくれなかったのよっ！」

お見合いを無理に進めていたら恥をかくところだった、とフェリシアは息つく間もなく捲《まく》し立てる。

かなり興奮しているのか、ご丁寧にあの青年の情報をどんどん口走ってくれた。

セオフィラス・レイクハート――それがあの人の名前……

レティーシャは心の中でその名を繰り返す。

胸もとに手を当てると、トクンと脈打つのがわかった。

そして、セオフィラスという人物が、少なくともフェリシアからの評価は高いらしいことを理解する。

フェリシアは顔を上気させ、レティーシャが借りているベッドに上がりこんできた。セオフィラスとの詳細を訊《き》き出すまでは帰さない姿勢を見せる。

「ねえねえ、いつどこで知り合ったの？　てっきり私が嫁《とつ》いだあとも屋敷に引き籠《こ》もってばかりいたんだと思っていたんだけど、違ったってことでしょ？」

できれば私が代わりたいくらいの素敵な男性よ――と、嫁《とつ》ぎ先のオズワルト邸にいながら彼女は平気な顔をして言う。

そんな姉の顔をレティーシャは見やった。

誤解は早いうちに解いておいたほうが賢明だ。出会って一晩と経っていない相手の恋人扱いされては、セオフィラスも迷惑だろう。

「あの。お姉さま、それは誤解です。あの方は庭で迷子になっていた私を助けてくれようとしただけ。恋人だなんて、セオフィラスさまにご迷惑がかかります」

いつも以上にはっきりと説明できて、レティーシャは内心ほっとした。

すると、フェリシアは見るからに疑わしげな表情を浮かべる。

「あら……本当に？　隠さなくてもいいのよ。時期が来るまでは黙っているから」

噂話好きの彼女の言葉は信用ならない。それに、隠すも何も真実なのだからレティーシャにはそれ以上言えることはなかった。

「隠してなどおりません。変な噂を立てられたら、セオフィラスさまがお困りになります。もうこの話はやめてください。——ところで、そのセオフィラスさまは今、どちらに？」

このやりとりを続けていたら、セオフィラスが恋人ということにされかねない。この場から退散することが先決とばかりに、レティーシャは話を変える。

「来客用の部屋で休まれているはずよ。使用人が知らせに来ないところをみると、まだ眠っていらっしゃるんじゃないかしら」

ちらりと扉を見たあと、フェリシアは心配そうな表情で答えてくれた。

私のほうが先に起きたってことですわね。それなりに時間が経っているでしょうに大丈夫なのかしら。

窓から差し込む陽射しが部屋の奥に届き始めている。夕暮れにはなっていなかったが、思った以上に長く気を失っていたようだ。

「そうですか……」

レティーシャは俯《うつむ》き、掴んだ毛布に目をやる。セオフィラスの容態が気にかかり、自然と不安げな声が漏れた。家族以外の心配をするのはかなり久しい。

「あ！」

早く目覚めてほしいと願っていると、ふいにフェリシアが両手をポンと強く叩く。そしてレティーシャの両方の肩を掴んだ。

「だったら、レティ、あなたが看病なさい」

「はい？」

何かを思いついたらしいとは察したが、嫌な予感がする。

顔を上げて苦笑を浮かべるレティーシャに、天啓《てんけい》がおりてきたとばかりにフェリシアが続けた。

「これをきっかけに恋人の座を手に入れるのよ！　絶好のチャンス！　セオフィラスさまが、特定の人物とお付き合いされているって話は聞かないから、とにかく、ここでたっぷりと恩を売って、恋人になるのが無理ならせめて結婚できそうな人を紹介してもらいなさい！」

私ってば天才じゃないと言いながら小躍《こおど》りする勢いの姉を見て、レティーシャのおとなしい伯爵令嬢という仮面が剥《は》がれそうになった。

ポカンと口を開けそうになるのをなんとか堪《こら》える。目が合うと姉に気圧《けお》されると思い、さっと視線を外した。

「ど、どうしてそういう話に……」

フェリシアはレティーシャが男性を苦手にしていることを知っているはずだ。なのにこんな無茶な要求をしてくるあたり、レティーシャの結婚をよほど危惧《きぐ》しているのかもしれない。

お姉さまの気持ちはわかりますけど……

レティーシャは気絶するくらい嫌なことを我慢してまで結婚しようとは思えなかった。どうにかうまくかわす方法はないかと必死に思案していると、姉が不敵に笑む。

「それが嫌だっていうなら、パーティーに出席しなさい。他にいい人を見つけてくるまで家に入れないようにするわよ」

レティーシャは目を見開いた。

私の気持ちは、結婚の前には無意味なんですね……

ラファイエット家の繁栄のためになら、個人の都合は無視されるのかもしれない。

「……わ、わかりました」

こうして押し切られ、レティーシャはセオフィラスのいる部屋に押し込まれたのだった。


思わぬ形で男性と二人きりにされてしまい、レティーシャは困惑していた。

今のところ彼は眠っているだけなのでまだ落ち着いていられたが、このまま待ち続けるとなると精神衛生上よいことはない。

どうしてこんなことに……

何度思い返してみてもレティーシャは納得できなかった。だが、姉に文句を言う機会はきっとない。

今すぐにでも帰りたいと願うレティーシャの目の前で、セオフィラスは穏やかに眠っている。

苦しそうに見えない寝顔にレティーシャはほんの少し安堵《あんど》した。

それにしても、セオフィラスさまはどうなさったのでしょう。あのときは眠そうには見えなかったのに……

不眠の騎士と呼ばれていながら、勤務中に眠ってしまったのはなぜなのだろうかと寝顔を見ながら想像する。何かのきっかけで、緊張の糸が切れたのだろうか。だが、そんなことでは庭の警備はおろか、通常の任務にも差《さ》し支《つか》えが出てくるはずだ。

お医者さまに診てもらったところ、過労らしいとのことでしたが……そんなに忙しいのかしら。

じろじろと彼の顔を見続けているのは不躾《ぶしつけ》な気がして、レティーシャは周囲に目を向ける。

彼が公爵家の人間だからか、レティーシャが寝かされていた部屋よりもこの部屋に置かれた調度品のほうが豪華に見えた。綺麗に整えられたベッドに横たわるセオフィラスの姿も、どこかで見た絵画のように美しい。

彼が起きる気配はないかとレティーシャはチラチラと視線を戻す。

セオフィラスはうなされている様子もなく、静かな寝息を立てていて、この部屋に入ってから状況は一向に変わらない。

眠っているだけなら、それほど怖くないかも……？

ベッドのそばに置かれた椅子に腰を下ろして待機していると、庭園で会ったときほどの緊張感はなかった。

抱きしめられてはいないとはいえ、手を伸ばせばすぐに届くだろう絶妙な距離。それなのに、心拍数は穏やかだ。

今の状態ならお世話することも話すこともできるかもしれない。けれど、セオフィラスに結婚相手を紹介してもらうだなんて絶対に無茶だ。

レティーシャは小さくため息をつく。

フェリシアの狙いはきっと達成できない。

それでもセオフィラスを案じる気持ちは確かだ。このまま見守り、彼が起きたら少し話をして、すぐに退室しよう。フェリシアには失敗したと伝えればいい。成功はまずありえないのだから。

相手は公爵家の人間だ。嫡男でなくとも恋人になるには壁が高すぎるし、人を紹介してもらうには関係が浅すぎる。事業が軌道に乗っているとはいえ、ラファイエット家を上回る収入のある伯爵家はいくらでもある。それほど歴史があるわけでもないラファイエット家に、公爵家に売り込めるようなものは特にないだろう。

せめて私自身におすすめできる要素があればよかったのに。

パーティーは憂鬱《ゆううつ》ですけど、行くしかなさそうですね……

せめて彼に迷惑はかけないようにしようとレティーシャは心に誓った。


どのくらいの時間、レティーシャがセオフィラスを眺めていたのかはわからない。部屋に差し込む陽射しに赤い色が混じるようになった頃、ようやく青年が目を開けた。

「ここは……？」

ゆっくりと上体を起こして、彼は額《ひたい》に手を当てたまま小さく頭を振る。

「お気づきになられたのですね。ここはオズワルト邸の一室ですわ」

レティーシャは心の中で何度も予行練習をしていた台詞《せりふ》を告げる。噛まずに言えて、まずはほっとした。

「あ。あなたは先ほどの……。お怪我はありませんでしたか？　申し訳ないことをしました」

状況を訊《き》かれるとばかり思っていたので、レティーシャは彼の口から真っ先に出てきたのが自分を気遣う言葉だったことに驚いた。

胸がドキドキする。

「私なら心配いりません。あなたが……その、咄嗟《とっさ》にかばってくださいましたから。私のことよりも、あなたさまのお加減はよろしいのですか？」

「心配をおかけしてしまったようですね。もう動けますよ」

苦笑いを浮かべて立ち上がろうとするセオフィラスを止めようと、レティーシャは慌てて腰を上げた。

「まだお休みになられていたほうがよろしいですわ。過労だそうですし――って、きゃあっ!?」

けれど立ち上がるときに勢いがつきすぎてつんのめり、セオフィラスの胸もとに飛び込んでしまう。押し倒しこそはしなかったものの、優しく抱き留められ、動けなくなる。

わ、私ったら！

全身に熱が宿った。まるで仲睦《なかむつ》まじい恋人のような体勢に狼狽《うろた》える。

「落ち着いてください、お嬢さま」

優しい声に、落ち着くどころか鼓動は速くなる一方で、クラクラしてきた。

とにかくこの状況を意識しないようにしなければ再び気絶しかねないと、レティーシャは口を開く。

「あ、あの……こんな状況で名乗るのもおかしいのですけど、私、レティーシャ・ラファイエットと申しますの。オズワルト伯爵夫人の妹なのです。私のことはレティと呼んでいただけませんか？」

上擦《うわず》った声で、レティーシャは自己紹介を終える。

愛称で呼んでほしいなんて、ずうずうしかったかしら。

少しでも緊張を紛《まぎ》らわすために聞き慣れた呼び方をしてもらおうと思い、つい口走ってしまったが、そもそも愛称で呼ぶような関係ではない。失礼なのではないだろうか。

レティーシャは様子を窺《うかが》うために、恐る恐る顔を上げた。

「レティーシャ……素敵なお名前ですね。さぞかしご両親はあなたの誕生を喜んだのでしょう」

名前の由来が《喜び》であることを、彼は温かい微笑みを浮かべながら指摘した。

そんな柔らかい表情を見ていたら、自然と緊張が解けていく。

不思議な人……

「ふだん、あなたはレティと呼ばれているのですね。可愛らしい響きです」

そう褒めてくれるが、セオフィラスの言葉には困惑しているような気配が漂《ただよ》っている。

やはり初対面でいきなり愛称で呼んでくれというのはずうずうしかったのだ。

レティーシャは後悔した。

「あ、ありがとうございます。あの……先ほどは申し訳ございませんでした。……お好きなように呼んでください……」

声がだんだん小さくなってしまう。これは恥ずかしすぎる。セオフィラスが優しい人でよかった。人によっては機嫌を損ねたかもしれないと今さら思う。

レティーシャが視線を外すと、セオフィラスはやっと彼女の身体を解放した。そして言葉を続ける。

「すでにご存知かもしれませんが、俺も名乗らせてください。——俺はセオフィラス・レイクハートと申します。現在は騎士団をまとめております。以後お見知りおきを、レティーシャ」

彼は優雅に自己紹介をする。その仕草にはさすがは公爵家の人間だと思わせる気品があった。

そんな彼を見てレティーシャは不慣れな自分をさらに恥じる。

めったに人と会わないし、とりわけ男性と接するのは苦手だ。こんな自分では、彼と話すのもおこがましいのではないかと考えてしまう。

「こ、こちらこそ、よろしくお願いいたします」

わたわたとしながら、挨拶を返す。

どれだけ格好が悪いのだろうと情けなくなった。

「少しお話を伺ってもよろしいですか？」

「は、はい。なんなりと」

レティーシャが答えると、セオフィラスはほっとした表情を浮かべてベッドに腰をかけた。レテイーシャも椅子に座り、互いに向き合う。

彼が訊《き》いてきたのは、庭園で自分がどうなったのかについてだった。

レティーシャはたどたどしくも、ありのままを伝える。うまく伝えられたかは自信がなかったが、それでも記憶している限りを話す。すると彼は表情を曇らせて頷《うなず》いた。

「——それは失礼をいたしました。あなたに怪我がなくて本当によかった。もし、あとで何かありましたら、必ずご連絡ください。お詫《わ》びします」

「あ、いえ……お気持ちだけで、……充分ですわ。気になさらないで。私は……あなたさまのほうが心配です。お仕事、寝る暇もなくお忙しいのでしょう？　だとしても、お身体は大事にしませんと」

姉と医師の話を少し聞いただけであるが、これほどまで長く眠ってしまうような疲労を抱えるなんてよほど多忙だったのだろうと考え、言葉を紡《つむ》ぐ。

幸い、二人きりでいることに慣れてきたのか、だんだん台詞《せりふ》がつっかえなくなってきた。

レティーシャが気遣うと、セオフィラスは苦笑いを浮かべる。

「参ったな」

彼の呟《つぶや》きの意味合いがわからず、レティーシャは素直に首を傾《かし》げる。

「何かお暇を取れない事情でもありますの？」

心配で彼が倒れた原因にほんの少し興味が湧き、気がつくと口から問いがこぼれていた。

「事情、というほどではないのですが……」

言いにくそうに、セオフィラスは口籠《くちご》もる。

ほぼ初対面の人間から突っ込んだ話を訊《き》き出そうとしているのだと気づいたレティーシャは、慌てて小さく手を振った。

「あの、話しにくいことでしたら無理に訊《き》きませんわ。私ったら、はしたないことを」

そう告げて、俯《うつむ》く。

身内以外の人とこんなに長く話をするのが久し振りで、少々舞い上がっていたのかもしれない。失礼なことをしてしまった。レティーシャは逃げ出したい気分に駆られる。

けれど、セオフィラスは穏やかな声で告げた。

「いえ——よかったら、聞いていただけませんか？」

手袋をはめた左手が顔を上げてと促《うなが》すようにレティーシャの頬に触れる。

レティーシャが恐る恐る彼の顔を見上げると、優しそうな眼差《まなざ》しで見つめられていた。

どうしましょう。すごくドキドキするわ……

いつもの緊張とは違う奇妙な高揚《こうよう》を意識しながら、レティーシャはセオフィラスの言葉を待った。

「すでに巻き込んでしまっていますからね。あなたには訊《き》く権利があります」

彼に嫌がられているわけではないらしい。レティーシャの唇はゆっくりと動き、声を発した。

「では……あなたさまが話したいことだけを」

そう言うと、セオフィラスはどこかほっとした様子で微笑んで、ゆっくりとレティーシャの頬から手を離す。

手袋越しに感じていた温《ぬく》もりが去るのを、レティーシャは不可思議な気分で見送った。

ふいに触れられたのに、いつもと違い身体が強張《こわば》らなかったのは、なぜだろう。

レティーシャがぼうっとしている間に、少し大きく息を吸い、セオフィラスが切り出した。

「俺は不眠症を患《わずら》っています。私設の騎士団を立ち上げた当初からずっとになるので、三年以上になるでしょうね」

「え？」

予期せぬ告白に、レティーシャは目を丸くした。ふだんであれば男性の顔を自分から見るなんてことはしないのに、セオフィラスをまじまじと見つめる。

不眠症の知識は多少持っていた。母親が亡くなってすぐの頃の姉たちがそんな状態だったからだ。彼女たちは一月《ひとつき》ほどで回復して、現在はうるさく思えるほどに元気だが、セオフィラスはもう数年もの間そんな状態なのだという。より深刻だ。

「不眠の騎士なんて巷《ちまた》では呼ばれているみたいですが、それはたんに眠れないから仕事をして時間を潰しているだけなんです。そのほうが気が紛《まぎ》れるものでね」

「どなたかに相談なさらなかったのですか？」

「騎士団長としての見栄でしょうか……他の騎士たちを心配させたくなくて、秘密にしているのです」

「まあ……。薬剤師さんや調香師さんに頼んだことは？」

姉たちは、彼らを頼って薬を処方してもらったり、香水を調合してもらっていた。公爵家の人間であればレティーシャたちが使うような店よりも立派な店を知っているかもしれないが、姉たちの件で実績のある薬剤師や調香師なら紹介できる。

レティーシャの問いに、セオフィラスは頷《うなず》く。

「試してはみましたが、効果が今一つで。友人が不眠症だと嘘をついて詳しい人に相談したこともあるのですが……あまり芳《かんば》しい結果は得られませんでした」

「それはさぞかしお困りでしたでしょう」

「えぇ」

やれるだけのことをしたというのに今も眠れない――それがいかに大変なことなのか、レティーシャはかつての姉たちの症状から想像できた。

秘密を打ち明けてくださったのに、私ではお役に立てそうにないですわね……

姉たちの世話をした経験が活かせるときではないかと期待した自分をレティーシャは恥じる。

再び俯《うつむ》いたが、セオフィラスは続けた。

「――困っているのは確かなのですが、今日は収穫がありました」

収穫？

顔を上げてきょとんとするレティーシャに、セオフィラスは悪戯《いたずら》っぽい表情になり顔を寄せた。

その手慣れた行動に逃げる隙もなく、レティーシャは首筋に彼の鼻先を近づけられる。

「あなたのこの香りです」

「え？」

ありえない距離に彼の顔があって、レティーシャの身体は強張《こわば》った。

しかし、そんな彼女の様子を気にもとめていないみたいで、セオフィラスは何事もなかったようにすっと離れる。

「抱きしめたときに嗅《か》いだあなたの香りが原因で、俺は眠ってしまったのではないかと思えるのです」

そう告げて、彼は小さく欠伸《あくび》をした。今、首の辺りを嗅《か》いだことでまた眠気を催《もよお》したということなのだろう。演技には見えない。

私の香り？　香水ってこと？

「で、でしたら、試しに私がつけている香水をお分けしましょうか？　流行《はや》りのもので、今はなかなか手に入れるのが難しいそうなのです」

事態は緊急を要しそうだ。彼の力になれそうなことが見つかったと思ったレティーシャは、すかさず提案する。

出かけるときには不要だと感じていた香水がこんなところで役に立つとは。つけてきてよかった。

「そうでしたか。よろしいのですか？」

「はい。あなたさまのために、必ずお届けいたしますわ」

力強く笑顔を作ってみせる。

その笑顔は彼を元気づけるためと同時に、自分を鼓舞《こぶ》するためのものだった。こうでもしないと彼に香水を届ける勇気が湧いてこない。

こうしてセオフィラスに香水を届ける約束をすると、レティーシャはその日の夕方、彼と別れたのだった。

＊　☆　＊

夕闇《ゆうやみ》の中、オズワルト邸からの帰路で、セオフィラスはレティーシャと名乗った少女のことを思い出していた。

いつになく身体が軽い。しっかりと睡眠をとれたのは本当に久しぶりで、溜まっていた疲れがすっかり抜けている。

ここ数年眠れたとしても必ず悪夢にうなされるため、どうしても熟睡できずにいたのだ。

まさかあの夢すら見ないなんてな。事件が解決されるまでずっと心を蝕《むしば》み続けると思っていたのに。

セオフィラスは不思議に感じた。

庭で出会った赤髪の可憐《かれん》な少女の姿に声をかけてしまったのは、どうしてだろうか。

風に揺れるサラサラの赤髪。青みがかった灰色の瞳は大粒のムーンストーンを想起させる。透き通るような白い肌にはそばかすもなく、とてもなめらかに見えた。恥ずかしがったり照れたりする様《さま》は可愛らしく初々《ういうい》しい。

「レティ」

ぼそっと呟《つぶや》いてみる。

彼女に似合う可愛らしい響きだ。

しかし、あの場で思ったままを告げたのは、まずかった。まるで口説いているみたいだったと内心で焦る。弟のランドルフならともかく、セオフィラス自身は初対面で口説くようなまねはしないつもりだった。自分らしくないと不安だったが、どうも彼女は気づいていないらしい。

また会えるだろうか。

公爵家の人間だからか、セオフィラスの恋人になりたいと近づいてくる女性は多い。そんな中で、レティーシャの純朴な振る舞いは新鮮で癒《いや》された。

一緒にいてもいいと思える女性に出会えたのは久しぶりだ。もっとそばにいたかったが、どうも彼女に嫌われてしまっている気がする。

自分が近づけば怯《おび》えたように離れたがる。対応を検討せねばならない。

ああ。香水を届けてくれると言っていたが、あの様子だと本人は来ないだろうな。

セオフィラスは、オズワルト邸を辞去するときに見送りに出てきたラファイエット家三姉妹とのやり取りを思い出した。

世話になった礼を述べて去ろうとしたセオフィラスにフェリシアが声をかけた。彼女の顔には彼に取り入ろうとする笑みが貼りついている。

「あの、大変あつかましいお願いで恐縮なのですが……どうか、レティーシャを気にかけてやっていただけませんでしょうか？」

上目遣いで見つめてくる彼女の声ははっきりしている。

自分の話題が唐突に出たからだろう。レティーシャがフェリシアとエレアノーラの背後で狼狽《うろた》えていた。

「気にかけるとは？」

セオフィラスは尋ねた。

具体的に説明されなければ、その頼みを引き受けられるかどうか判断できない。

ただ彼女らに、今日倒れたことを内密にしてほしいと頼んでいた手前、すぐさま断るようなことはしないつもりでいた。

「もうお祭しのことと思うのですが、レティーシャは鈍臭くて花のない子です。おとなしくて従順なところが長所なのですけれど、それがかえって印象に残らないようで婚約者もおりません。よい縁談を探しているものの、なかなか決まらないのです」

さらさらと、しかしきっぱりとした調子で、フェリシアに代わってエレアノーラが答える。

「お、お姉さま……」

当事者であるレティーシャはエレアノーラに睨《にら》まれて口を挟めないでいる。

「――縁談、ですか？」

セオフィラスが鸚鵡《おうむ》返しに答えると、エレアノーラの脇腹をフェリシアが突っついた。セオフィラスが表情を曇らせたので、自身にレティーシャを薦められて難色を示しているとでも考えたのか

もしれない。

セオフィラスはただ、レティーシャに婚約者がいないことをなぜか喜び、その後すぐに縁談を探しているると言われたことで少し不快になっただけなのだが。

レティーシャに好意を抱いているのをセオフィラスは自覚していた。

恋人にしたいとか結婚したいとか、そういった類《たぐ》いの感情ではないと考えたいが、どうしても興味が湧いてしまう。彼女が幸せになれる道があるのなら、進んで協力したい。それが今回の件での礼にもなるだろう。

できれば、機会があるならゆっくり話をして、彼女のことを知りたい。そういう気持ちがあったから、彼女に秘密を打ち明けたのだ。接点を残したかった。

レティーシャ本人は乗り気ではなさそうだが、家族が公認してくれるならまた彼女と話をすることはできそうだ。

「あの。どなたかいい方がいれば、その方の前でそれとなく話題にしてくださるだけでもかまわないのです。よろしくお願いします」

「お願いします」

気まずい雰囲気になったからだろう、早口でエレアノーラが告げて頭を下げる。それにフェリシアも合わせた。

そんな二人の姿にどうしたらいいものかとオロオロしているレティーシャと、ふと目が合う。

あなたも大変そうですね。

セオフィラスはつい苦笑してしまった。

部屋で看病をしてくれたのは彼女の姉たちの下心ゆえなのだろう。期待を背負うのは大変だなと思う。

彼自身も、心配性でお節介なところのある兄に監視されている身なので、レティーシャの苦労がなんとなく想像できるのだ。

レティーシャが頭を上げているのに気づいたフェリシアとエレアノーラは、それとなく指示を出して頭を下げさせた。

「お、お願いします……」

「……そうですね。その程度でよろしいのでしたら、協力しましょう」

少し悩んで、セオフィラスはにこやかな表情で答えた。だが、内心では違う。

彼女のよさを誰も知らないなら、いっそのこと独占してしまいたいなどという気持ちがふっと湧く。すぐさま打ち消すが、どうしてそんなことを考えてしまったのか、そのときのセオフィラスには思い至らなかった。

協力すると伝えたからか、フェリシアとエレアノーラは頭を上げて、二人してにんまりとした笑顔を見合わせている。

「では、これで」

レティーシャが困った顔をしているのを心配しつつも、セオフィラスはオズワルト邸を去った。

……しばらくパーティーに出席していなかったが、顔を出してみるか。レティーシャは幼く見えたが、立派な女性だった。彼女も出席しているのだろう。

彼女のことを知らなかったのは、しばらく社交の場から離れていたからに違いない。

私設の騎士団を仕切るようになってから、パーティーは実家で開かれるもののみ付き合いで顔を出している。他は仕事を理由に避けてきたのだ。

だが、今気持ちが変わった。少しでもレティーシャとの接点を増やしたい。縁を繋ぎたいと積極的になってしまう。これがどんな心境の変化なのか、セオフィラス本人は意識していなかった。

とりあえず、騎士団の屯所《とんしょ》にラファイエット家の人間が来たときには丁重にもてなすように言っておこう。

これ以上レティーシャの気分を害したら、きっと二度と会ってもらえなくなる。

やれることはやっておこうとセオフィラスは自身に誓った。

第二章　香水を届けに

ラファイエット家の屋敷に戻るなり、レティーシャはエレアノーラから分けてもらった香水を探した。

そそっかしく結構な頻度で高価な香水瓶を倒してしまうため、専用の容器に移して保管している。

数回程度で使い切ってしまうほどしかもらっていないのだが、今日一回使っただけなので、瓶には充分な量が残っていた。これをそのままセオフィラスに届ければいい。

もしも姉に香水がなくなっていることに気づかれたら、うっかり瓶を割ってしまったと伝えよう。

なぜ女物の香水をセオフィラスに届けるのかと詮索されれば、彼が不眠症であることを話さなければいけなくなる。それを避けたかった。

問題は、どうやって届けるか、よね……

レティーシャが直接渡しに行くと、要《い》らぬ誤解を受けるかもしれないし、男性ばかりのところに女性が単独で訪ねるのも変な噂が立つかもしれない。

男性恐怖症だから嫌だという感情に加え、セオフィラスには迷惑をかけたくない――そう考えたレティーシャはとある作戦を考えた。それとなく自然と物品を渡す方法だ。

オズワルト邸の庭で世話になったお礼を手紙にしたためましょう。お礼の品を添えるのはよくあることだから、香水瓶をそこに紛《まぎ》れ込ませればセオフィラスさまに届けられるわよね。まあ、わざわざお礼の手紙を書くこと自体を不審がられるかもしれないけど……

レティーシャはセオフィラスの秘密を外に漏らさないために細心の注意を払う。

彼が隠したがっていることを自分が明かしてしまうわけにはいかない。何より、打ち明けられた秘密を、できれば二人の間だけに秘めておきたかった。

絶対に完遂しないと。

彼の迷惑にはなりたくないと緊張する一方で、誰にも内緒なのだと思うと胸が高鳴る。その理由が、レティーシャにはわからなかった。


香水を届けるタイミングを計っていたレティーシャだったが、思わぬところで助け舟が出た。

オズワルト邸でのお茶会の翌日。朝食を終えたあと、ふいにエレアノーラが提案してきたのだ。

「レティ。セオフィラスさまにお礼状を書きなさいな。すぐに倒れてしまったとはいえ、庭で迷っていたところに声をかけていただいたのでしょう？　ここはきちんとお礼をしないと」

エレアノーラにもフェリシアにも、あの出来事については、庭でセオフィラスに出会い話をしているときに倒れたのだ、と説明していた。医者にも説明する必要があったので、嘘偽りなく証言したつもりだ。

お礼状を出すことを、お姉さまから言ってくださるなんて！

ここで乗らないわけはない。

一瞬、目を輝かせてしまいそうになり、レティーシャは目を伏せて乗り気じゃないふうを装《よそお》う。

「そ、そうですけど……」

不承不承《ふしょうぶしょう》という体《てい》で頷《うなず》く。

「私がお礼の品の手配に行くわ。それまでに書き上げてしまいなさい」

「ま、待ってください！　お姉さま」

今にも出かけそうな勢いのエレアノーラをレティーシャは思わず引き止めてしまった。強引に物事を進めるのはラファイエット家の家督を継いだ者としては頼もしい部分もあるが、今は困る。

エレアノーラが怪訝《けげん》そうな視線をよこす。冷や汗が噴き出してきそうだ。

「あ、あの。今回は私に関わることなので、自分でお礼の品を選びたい……といいますか……」

しどろもどろになりながら、思いつきで交渉してみる。

センスはエレアノーラが一番あるので頼めば間違いないのだが、ここは譲れない。

珍しく積極的に意見したからか、エレアノーラが目を見開いた。

沈黙が続く。

やっぱりダメかしら？

エレアノーラに押し切られるのも怒られるのも、よくあることだ。

次の作戦を練らなければと必死に考え始めるレティーシャの手を、エレアノーラが両手でしっかり包んだ。

「その積極性！　それが大事なのよ。セオフィラスさまに売り込むにはそのくらいの意気がなくちゃ！」

　言いながら、手をぶんぶんと振られた。

　って、エレアノーラお姉さままでセオフィラスさまに私を売り込もうと考えているのっ？

　フェリシアが最初に誤解したようにセオフィラスを恋人だと思われるよりはマシであったが、問題はそこではない。エレアノーラにはエレアノーラなりにセオフィラスとの縁を繋ぐことにビジネス的な意味を見出しているのかもしれないが、勘弁してほしかった。現実的に物事を考えてくれないものか。

　エレアノーラの食いつきにレティーシャは明らかに引いているのに、彼女は気づきもしない。

「そういうことなら一緒に選びに行きましょう。私が見てあげるわ」

　なるほど、そう来ますのね。

　断るのも難しいように感じられたし、変なものを送りつけたとあっては後々厄介事になりかねない。レティーシャは香水の偽装についてはこの際、後回しにした。

「わかりました……」

　満足そうなエレアノーラの様子に、これが最良のやり方だったのだとレティーシャは自分に言い聞かせた。

　セオフィラスへのお礼の品選びの時間は、それはそれは充実した時間だった。わざわざ慣れない買い物のため街へ出たというのに、ウキウキしている。人に会うことがあまり好きではないレティーシャには不思議な体験だった。

誰かのことを想いながら商品を選ぶのって難しいと思っていたけど、楽しいことなのね。

彼の好みは知らなかったものの、彼に似合いそうなものを探すことは苦にならなかった。何より、エレアノーラがレティーシャの質問に丁寧に応じてくれる。最初は自分の考えなど否定されると思って控えていたが、恐れることはないとわかるといろいろ訊《き》いて勉強させてもらった。

最終的にレティーシャが想定していたよりもずっと高価なものを買うことになったのは、エレアノーラが見栄を張ったのか、あるいは自身の下心の表れなのだろうか。

お姉さまがそれでいいと言ったのだから、よいのでしょうけれど。

買い物でのことを思い出すとレティーシャの気持ちが華やいだ。とても有意義な時間だった。


レティーシャが選んだ贈り物の都合で一週間が経過した。

ついに手紙とお礼の品をセオフィラスに送ってもらう当日、エレアノーラがひらめいてしまった。

「ねえ、レティ？　セオフィラスさまが忙しいのは私も存じていることだけれど、せっかくだし、きちんと手渡しにしたほうがよろしいんじゃなくて？」

レティーシャは、エレアノーラが屋敷を管理するようになったあともラファイエット家の屋敷で姉夫婦と同居している。一人暮らしをさせられるほどの財力はないからとのことではあったが、このときばかりは独立しておきたかったと強く感じた。加えて、せめてエレアノーラが出かけている間に、老執事のジェラルドに頼むのだったと後悔する。

無駄だと知りつつ、一応の抵抗は試みる。

「ですが、お姉さま。男性ばかりが詰めている場所に女性一人で伺うというのはよろしくないのではないかと……」

騎士団の屯所《とんしょ》では稽古も行っていると聞く。セオフィラスだけでなく、そこで働く人や訓練をしている人たちの邪魔になるのではないだろうか。そもそも、レティーシャは男性が苦手だ。至近距離にいたら気絶してしまうくらいに。

危惧《きぐ》するレティーシャに、エレアノーラはニコリと笑む。

「いい？　屯所《とんしょ》まで行ったという事実が必要なのよ、レティ。セオフィラスさまに一目会えたら嬉しいと思って手紙を送るところをわざわざ届けに来てしまいました――っていう雰囲気作りが大事なの！」

力説されて、レティーシャは姉が何を考えているのかを察した。

「お、お姉さまはまだ諦めていないのですか？　セオフィラスさまに取り入るのは私には無理です！」

セオフィラスと別れたその夜、エレアノーラとフェリシアの二人には話したはずだ。彼とは縁がなさそうだ、婚約者候補を紹介してもらうのも諦めたほうがいい、と。

「でも、手紙とお礼の品を贈ることにはなんだかんだで同意したでしょう。あんなにお礼の品選びで、はしゃいでいたのに」

「は、はしゃいでなんて――」

「ほら、その反応。セオフィラスさまのことが気にかかっているってことじゃない」

これまでそんなふうに他の人のことに心を動かしたことがあったかしら、とニヤニヤ顔でエレアノーラは言葉を続ける。

レティーシャは違うと反論しかけ――すぐに口を噤《つぐ》む。

セオフィラスへの下心があってこうしているわけじゃないと説明したかったが、彼の秘密を明かさずに言い訳するのは困難だ。話しているうちにきっとボロが出てしまう。

レティーシャは俯《うつむ》いた。

とはいえ黙ったままというわけにもいかず、濁《にご》すように返事をする。

「そ、そういうつもりでは……」

「ふうん。まあ、いいわ。――ジェラルド、門に馬車を手配してちょうだい」

怪しむような声で頷《うなず》いたあと、エレアノーラはその場にいたジェラルドにはっきりと命じる。

「承知いたしました」

ジェラルドは一礼をするとこの場を立ち去った。その機敏な所作は六十を過ぎているはずなのに老いを感じさせず、スマートだ。

「お姉さまっ。そんな突然に押しかけたりしたら、迷惑になること間違いなしです！　何を考えているんですかっ！」

どうにかしてやめさせようとレティーシャは頑張る。

確実に男性しかいないだろう場所に放り込まれるのはごめんだ。ふだんは従順なふりをして姉の言うことを適当に流しているレティーシャでも、必死にならざるを得なかった。気絶するのが目に見えている。

「別に中までお邪魔しろって言っているわけじゃないのよ？　門番に事情を話して、手紙を彼に届けてもらえばいいじゃない。セオフィラスさまがいらっしゃるとも限らないんだから。ね。そういうアピールが必要なときなのよ、レティ」

「そんな、無茶苦茶な……」

そもそも、門番も男性であるはずだ。見ず知らずの男性の顔を見るだけのことがレティーシャにとってどれだけ大変なのか、察してほしい。

「――レティーシャお嬢さま。準備ができました」

心を決める暇もなく、ジェラルドの声が部屋に届く。

「ほら、レティ。行きなさい」

「……はい」

引きずられる勢いで追い出されそうになったレティーシャは、仕方なく屋敷を出たのだった。


レティーシャは憂鬱《ゆううつ》だった。

馬車に乗せられて、郊外にある騎士団の屯所《とんしょ》に向かっている。

お姉さま、ひどいわ……

今から引き返そうにも、公爵家所有の別宅を改装したという屯所《とんしょ》はすでに見えていた。ここまで来て逃げ戻ったら、屋敷の中に入れてもらえないかもしれない。

とにもかくにも、門番の人に託《たく》せばいいのだ。

これをセオフィラスさまにお渡しください。これをセオフィラスさまにお渡しください。これをセオフィラスさまに――

馬車の小さな窓からラファイエット家の屋敷の門よりも重厚な門が見えてくる。レティーシャは呪文のように伝える内容を繰り返した。

やがて馬車は停車し、御者《ぎょしゃ》が門番の人と何やら会話をしている。

これをセオフィラスさまにお渡しください。これを――あれ？

降りる前に馬車が動き出して、レティーシャは思わず立ち上がった。

予定と違う。

「あ、あのっ！」

状況がわからなくて、慌てて御者《ぎょしゃ》に話しかける。御者《ぎょしゃ》も男性ではあるが、これは緊急事態だ。それに彼はラファイエット家の屋敷の者なので、他の男性よりは話しかけやすい。

「はい、お嬢さま」

返事はあるものの、馬車は止まらなかった。

「な、なんで屯所《とんしょ》の中に進んでいるんですかっ！」

「今は休憩時間だから、セオフィラスさまに直接お会いになれるとのことでしたので」

そこは気を利かせて帰宅でしょう、とレティーシャは思うが、言葉は出ない。

そうこうしているうちに馬車は止まり、扉が開かれた。

こうなったら仕方ない、予定とは違うけれど、最初に会った人に託《たく》せばいい。

誰かに取り次いでもらうことになれば、知らない人と一緒になってセオフィラスのもとに向かうことになる。男性の姿をひっきりなしに見るのは怖いし、玄関で待たせてもらうのも、レティーシャには荷が重い。なので、門番に渡すはずだった手紙を、最初に出会った人物に託《たく》そうと心を決めた。

覚悟を決めて馬車を降りる。まず目に入ったのは立派な建物だった。

屯所《とんしょ》は、レティーシャの住む屋敷よりも大きい。主な部分は二階建てで、造り自体は城塞《じょうさい》を兼ねているようだ。

ふだんは見かけないラファイエット家の馬車が停まったことに気づいた者がいるらしく、窓から好奇の視線が向けられる。ざわめきが伝わってきた。

こ、こういうとき淑女であれば、にこやかに手を振ったりするのかしら……

幸い、建物の中にいる騎士と目が合うようなことはなかった。屋敷全体を見渡すために二階の辺りをさっと見て以降、レティーシャは斜め前方の地面を見つめ続けていたからだ。

ああ、お姉さま、もう限界なんですけど！

屋敷の中から聞こえる男性たちの喧騒《けんそう》を無理やり無視して玄関に向かう。すごく気分が悪い。

一歩二歩とふらふらしながら歩いていると、案の定、小石に蹴躓《けつまず》いた。

「ひゃっ！」

持ってきた香水瓶を割るわけにはいかない。咄嗟《とっさ》にバッグを抱え込んだレティーシャは何かにぶつかった。――いや、正確には身体を抱き留められている。

「お怪我はありませんか？」

知っている声に、レティーシャはすぐさま顔を上げた。

美しいアメジストのような瞳、艶《つや》やかで芯のある黒髪。優しげな表情を浮かべていたのは、レティーシャが探していたセオフィラスだ。

「セ、セオフィラスさまっ」

またしても助けられてしまった。しかも、意図せず、抱きつくような形で。恥ずかしさで身体に熱が宿る。

せっかく会えたばかりだが、すぐにでも隠れて消えてしまいたい。

二階から聞こえた冷やかしの声は、セオフィラスがチラッと視線を送ると静まった。

これが騎士団長の貫禄《かんろく》というものなのだろうか。

「あなた自《みずか》ら来てくださるとは思っておりませんでした。こんなところで立ち話もなんですから、中へどうぞ」

セオフィラスの勧めを断ろうとしたレティーシャだったが、彼にウインクをされ、なぜだかおとなしく従《したが》ってしまった。

「はい……喜んで」

男ばかりがたむろしている場所と聞いて想像していたのとは異なり、屋敷の中は綺麗に整えられていた。失礼にならない程度にセオフィラスに尋ねると、騎士たちが当番制で掃除をしているのだという。そういうところで連帯感を作り、警備に活かすのだと説明してくれた。

やがて通されたのは執務室で、団長であるセオフィラスの専用の部屋だと教えられる。

調度品はどれも年季の入った質のよいものだと一目でわかるものばかりだった。執務机も、その正面に置かれた応接セットも、レティーシャの家にあるものよりも値が張るに違いない。

セオフィラスに促《うなが》されて、彼女は手近な長椅子に腰を下ろした。程よい弾力があって座り心地がいい。

どうしてこんなことに……

ひとまず男性たちの視線から逃《のが》れることはできたので、いくらか気分は回復しつつある。それでもさっさと香水を渡してお暇《いとま》しようと、レティーシャはバッグを抱え直した。

そこにお茶と茶菓子を持った青年執事がやってきて、レティーシャの前にあるローテーブルに置いて去っていく。

「これでしばらくは二人きりです」

レティーシャが青年執事の出ていった扉を見つめていると、声が至近距離から聞こえた。見ると、長椅子の隣にセオフィラスが腰を下ろしている。

ふ、二人きり……！

彼の台詞《せりふ》に鼓動が跳ねるが、とにかく用件を済ませてしまおうと、気持ちを切り替えた。

「あの、先日はお世話になりました！」

「いえいえ。こちらこそお世話になりました」

爽《さわ》やかに微笑まれると、いっそう息苦しくなってくる。何より、近い。

「あ、あの。なぜ隣にっ！」

レティーシャの隣でなくても、正面の一人がけの椅子など座る場所ならいくらでもある。

セオフィラスはレティーシャの狼狽《ろうばい》ぶりなど気にしていない様子で、ティーカップを手に取った。

「内緒話をするには近いほうがいいかと思いまして。外で誰が聞いているかわかりませんから」

そう囁《ささや》いて、何食わぬ顔で紅茶を啜《すす》っている。

「そ、そういうことでしたら……」

緊張でレティーシャの喉が渇いた。

どうぞ、とセオフィラスが勧めてくれたので、ティーカップを手に取る。

手が震えてソーサーをカチャカチャと鳴らしてしまったが、中身をこぼすことなく口まで運び、無事に一口《ひとくち》啜《すす》った。ほのかな甘さと、爽《さわ》やかな芳香が口いっぱいに広がる。

「……美味《おい》しい」

思わず声が漏れた。

でも紅茶じゃない？

目を丸くしてティーカップの中の紅茶に似た色の水面を見つめる。

「珍しいですか？　我が家で栽培しているハーブを使ったお茶なのです。気持ちが落ち着くようにと思って……」

告げて、セオフィラスは苦笑を浮かべた。

「実はこれも不眠症対策なんですけどね。口にするものは自家製のもののほうが安心できるからって、嘘をついてます」

確かに気持ちが安らぐわ……

もう一口《ひとくち》飲んで、レティーシャはティーカップを置く。改めてセオフィラスに向き直った。

「前にお話ししていた香水をお持ちしましたの。お店の名前と香水の名前は手紙に書いておきました。必要であれば参考にしてください」

抱えていたバッグから手紙と小箱を取り出す。中身は無事のようだ。安堵《あんど》しながら、彼に差し出した。

「わざわざご丁寧にありがとうございます。あなた自《みずか》ら届けに来ていただけて、光栄に思いますよ」

穏やかに微笑んで、セオフィラスはレティーシャが持参した手紙と小箱を大事そうに受け取った。

レティーシャの任務はこれで完了である。けれど、彼女はもう少し話を続けたいと思った。

「あの、その……今日もとんだご無礼を。あんな人目のある場所で、事故とはいえ、抱きついてしまって……」

きちんと謝っていなかったことを思い出して頭を下げる。記憶が蘇《よみがえ》ってくると、身体が火照《ほて》って仕方がない。周囲に誤解されてしまったのではなかろうか。

「いえいえ。かまいませんよ。先ほどの件はどうぞお気になさらず。こちらこそ、不躾《ぶしつけ》な視線を浴びせるようなことになってしまい、申し訳ありませんでした。こんな男ばかりのむさくるしい場所ですから、あなたのように可憐《かれん》な方が来るのが珍しくてたまらないのです。あとできっちり叱っておきます」

「あ、いえ。そこまでしていただかなくても……。そもそも、なんの連絡もせずに訪ねた私が悪いんでしょうし……」

申し訳なくて、うなだれたまま告げる。

きちんと連絡をしていれば、他の騎士たちに騒がれずに済んだかもしれない。こんなことで叱られるなんて彼らが気の毒だ。

そんなレティーシャに、セオフィラスはふっと笑んだ。

「あなたはお優しい人ですね」

「私、優しくなんて……」

自分が迷惑をかけたのに、優しいと言われると戸惑《とまど》う。

「俺はそう感じてますよ。それに、とても謙虚だ。謙遜《けんそん》する必要はないのに」

レティーシャは顔を上げてセオフィラスを見る。社交辞令ではなく、本気でそう思っているような真摯《しんし》な目に、心が奪われた。

どうしてこの人は私を好意的に解釈してくれるんだろう……

姉たちはよく世話を焼いてくれるが、それはレティーシャが頼りないからだった。鈍臭くて一人では何も満足にできないと彼女たちには言われている。だから今日みたいに、レティーシャがすべきことを勝手に決めて、命令するのだ。

この方は姉さまたちとは違う……

レティーシャがじっと見ていると、セオフィラスが慌てて顔を逸らした。その頬が赤い気がする。

「あまり見つめないでください。さすがに照れます」

言われて、レティーシャも急いで視線を外した。

「す、すみません！　とんだ失礼を」

そして出された茶菓子に手を伸ばし、一口《ひとくち》大の焼菓子を頬張る。この場の空気をどうにか変えたかったのだ。

「失礼ということはないのですが……この距離なので誤解してしまいます」

誤解というのがわからなくて、レティーシャは首を傾《かし》げる。甘い焼菓子を呑み込んで、改めてセオフィラスを見た。

彼は顔をローテーブルに向けたままだ。

「誤解？」

「……いえ。自分の下心が顔を出しただけなので……」

下心ってなんでしょう？

気にはなったが、セオフィラスが恥ずかしそうにしているのは察することができたので、レティーシャは深く問わないことにした。

彼が何を思っていたのかさっぱりわからなかったけれども。

＊　☆　＊

セオフィラスはレティーシャを意識的に引き留めていた。

もう少し彼女と話していたいと思っていたのも確かだが、気になることがあったからだ。レティーシャに近づけば眠れるのかを確認するためには、ある程度長居をしてもらうしかなかった。

結局、休憩時間が終わるギリギリまで彼女にいてもらい、セオフィラスは馬車にレティーシャを送った。ラファイエット家の屋敷への道中の警護を申し出たが、それはやんわりと断られてしまったので、おとなしく見送るだけにする。

また会えるだろうか。

馬車が見えなくなったとき、自然とそんな気持ちが湧いてきた。

レティーシャといる時間は心が安らぐ。彼女に惹《ひ》かれている自分を意識したとき、セオフィラスの脳裏に過去の事件がよぎった。

あの誓いを忘れたのか、俺は。

気を引きしめ直し、屋敷に戻ろうと身体の向きを変えた。

その瞬間、明るい声で話しかけられる。

「可愛らしいお嬢さんでしたね」

「団長も隅に置けませんねー。恋人は作らない、とかおっしゃっていたのにちゃっかりいるんじゃないですか！」

いつの間に背後まで来ていたのだろうか。

そこには、セオフィラスよりも長身で、ダークブラウンの髪とブルーサファイアの瞳を持つ細《ほそ》面《おもて》の青年と、ハニーブロンドとエメラルドグリーンの瞳を持つ小柄で童顔な青年がいた。

騎士団を設立するのに真っ先に賛成してくれた友人であるアダルバート・アンダースと、エドウィン・アイゼンバーグだ。二人ともセオフィラスに何かを期待しているような眼差《まなざ》しを向けてくる。

「恋人に見えたか？」

セオフィラスが尋ねると、二人とも真面目な顔をして同時に頷《うなず》いた。長い付き合いであるだけに、息が合っているようだ。

「残念ながら違う」

「でも、気があるんでしょう？」

童顔のエドウィンが興味深げにセオフィラスの顔を覗《のぞ》き込む。

セオフィラスは肩を竦《すく》めてみせた。

「もし俺にその気があっても、相手にしてくれないだろうな。嫌われているような感じだし」

彼女は前回も今回もセオフィラスに畏縮《いしゅく》していた。話していると、ときどき素の彼女が現れるみたいだが、それを好意を持たれていると捉《とら》えるのは少々浮かれすぎだろう。

「えー。わざわざこんなむさっくるしいところにまで押しかけてきたのに？　唐突にやってきたんでしょ？」

「会う約束はしていたさ。ただ、日にちを決めていなかっただけで。俺が忙しすぎて連絡できずにいたから、向こうから来てくれたんだ」

レティーシャが連絡なしに現れたのは事実であるものの、もしラファイエット家の者が訪ねてきたら中に通すようにと根回しはしてあった。そして、大事な客なのできちんともてなすようにとも。

それは久しぶりに安眠に導いてくれたレティーシャへのささやかなお礼でもある。表立って動けば、今のようにいらぬ詮索を受けかねないと思い、迷惑をかけないためにも、できるだけさりげなく事を進めた。

それに彼女の姉たちの希望でもあるしな。

オズワルト邸を去るとき、エレアノーラとフェリシアに頼まれたのだ。どうかレティーシャを気にかけてほしいと。

「ふーん。それはそれとしても、そろそろ身を固める準備をしてもいいんじゃないですか？　すぐに結婚しなくても、恋人とか婚約者探しとか始めないと。あれから随分と経ったんだし」

あれから、と聞いてセオフィラスの脳裏に影がよぎる。影は赤髪の少女の姿を作った。自分に向けられるまぶしい笑顔を思い出し——セオフィラスは軽い頭痛を覚える。よくあることだ。

そんなセオフィラスの異変に気づく様子はなく、エドウィンの言葉を受けてアダルバートが続ける。

「そうですよね。独身のオレが言うのも変な話ですが団長は結婚を考えるべきです。とはいえ……

言い寄ってくる女性も多いのですから、わざわざあのご令嬢を選ぶ必要はないと思いますが」

難しい顔になったアダルバートの指摘に、セオフィラスはレティーシャに感じたことが自分の思い違いではなかったと確信した。

「意識したつもりはなかったんだが……似ているか？」

苦笑して尋ねると、アダルバートは腕を組んでいた片方の手を唇に当てる。

「顔は違いますけれど、髪の色はかなり似ているかと。遠目に後ろ姿を見ればそっくりですよ。最初に二階から見たときは幽霊でも出たのかと思いました」

「あー。わかるわかる！　馬車にラファイエット家の紋章がついているのを見つけるまで、幽霊じゃないかって思いましたもん。『私の仇《かたき》を討って』って化けて出――」

「エド」

茶化して饒舌《じょうぜつ》に語り始めるエドウィンを、アダルバートが叱責《しっせき》した。

「す、すみません、団長。僕は、その……」

親しい仲とはいえ、言いすぎてしまったと反省したらしい。

好奇心丸出しではしゃいでいたエドウィンは、それこそ子どものように、見るからにしょんぼりとした様子で縮こまった。

「いや。いいんだ。彼女のことを引きずっている自覚はある。犯人が捕まっていないからな。終わったものだとすることはできない」

この騎士団を設立したときに誓ったのだ。この地域の治安を守り、卑劣なことをした犯人を必ず自分の手で捕まえるのだと。

目的を達成できるまで、俺は――

拳《こぶし》を胸に当てて、改めて心に誓い直す。

レティーシャに出会って心が安らいだのは事実だが、セオフィラスにはやり遂《と》げたいことがある。脇見は許されない。

「セオ。あなたが真面目な人物であることはオレも高く評価しているところですが、無理はしないでくださいね。ときには息抜きも必要ですよ」

歳上で、いつだって兄のように面倒を見てくれているアダルバートの言葉に、セオフィラスは苦笑を浮かべた。

「わかっている。いつも心配をかけてすまない」

「レオナルドさまも心配していましたよ？　セオはいつ寝ているんだ、ちゃんと見てやっているんだろうな、と先日も脅《おど》されました」

脅《おど》されたと告げるわりには、おどけた様子でアダルバートが言う。

レオナルドはセオフィラスの兄だ。アダルバートとレオナルドは歳が近いのもあって仲がよく、頻繁に連絡しあっているらしい。

セオフィラスが騎士団を設立したいとレオナルドに相談したとき、右腕としてアダルバートをおくならいいと言って許可を出してくれた。つまりはお目付け役ということだ。

兄さまはいい加減に弟離れをしてくれないだろうか……

はあ、とセオフィラスはため息をつく。

「兄さまを心配させるような報告は控えてくれ。俺なら問題なくやっているんだから」

「でしたら、無理はしないでください。先日オズワルト邸で倒れたことをゆめゆめ忘れぬよう」

「わかったわかった」

周囲に小煩《こうるさ》い存在がいる環境はレティーシャと似ているかもしれない――そんなことを思って、心の中でセオフィラスはそっと笑ったのだった。


翌日、セオフィラスはオズワルト邸を訪れていた。

ここの警備を申し出たのはセオフィラスのほうからであったが、来るたびに緊張する。

いい加減に慣れてもいいはずなのにな……

あの日、何が眠りに導いたのかを確認するためには、なるべくあの時と同じ状況を作る必要があった。薔薇《ばら》の季節は終わりに近づいている。急がねばならない。

今日、セオフィラスはレティーシャからもらった香水を小さな布に染み込ませて持ってきていた。薔薇《ばら》のそばで香水の匂いと混ぜて、自分にどんな反応が起こるのかを試してみる必要がある。

まずはいつも通りに二人一組で庭を回った。今日のパートナーは前回も一緒に警備に来ていたエドウィンだ。

「僕、この庭でレティーシャ嬢に会ったときも幽霊かって思ったんですよ？　ここはオズワルト邸の庭ですし、化けて出ても不思議じゃないでしょ？」

薔薇園《ばらえん》に入るなり、エドウィンは告げる。

ここでレティーシャと出会ったとき、一瞬彼女の姿がよぎったのは事実だ。だからエドウィンの言葉をすぐに否定することができなかった。

「……彼女は化けて出るような人ではないよ、エド」

無念だっただろうが、呪ったり祟《たた》ったりするような人ではなかった。

セオフィラスがたしなめると、エドウィンはすぐにしょぼんとする。

「……すみません」

「怒ったわけじゃないんだが……」

この件になると口調がきつくなる傾向にある。気をつけているつもりだったが、どうも気にしすぎているのがまずいらしい。この話題を振ってくるのがエドウィンとアダルバートだけになってしまって随分と久しかった。

セオフィラスは小さくため息をつく。

彼が騎士団を作りオズワルト邸の庭を警備するようになったのは、ある事件でこの家の娘が亡くなったからだ。その事件が未解決であるため、由縁《ゆえん》があるところをこうして重点的に回っている。

何かが起きてほしいわけではないが、このまま手掛かりが薄れていくのもつらいな……

あれからすでに三年が経過した。

直後には関わりがありそうな情報や物証も見つかったが、今はその事件自体が忘れられようとしている。セオフィラスの騎士団に入団する騎士たちの中にも、事件を覚えていない人がいるほどだ。

不眠症を治すのも大事だが、何か手を打たねば。あの事件を風化させるわけにはいかない。強い意志を持って、セオフィラスは警備に励む。

途中、エドウィンの目を盗んで香りの実験をしてみる。けれど、素敵な香りだと感じただけで何も起こらなかった。

ここでまた倒れることになったらそれはそれで厄介ではあったが、何も起こらないとはどういうことだろうか。

何が原因であれほど強烈な睡魔に襲われたのかがわからない。レティーシャが屯所《とんしょ》を訪ねてきたときも、すぐに寝てしまうほどではなかったにせよ、軽く眠くなったくらいだったのに。

日を改めてもう一度試してみよう。そう思いながらオズワルトの屋敷内を歩く。今日の警備の結果を知らせるためだ。

するとそこで金髪の美女――オズワルト夫人であるフェリシアと出くわした。

「先日は屯所《とんしょ》で妹がお世話になったそうで」

挨拶を交わすなり、フェリシアがにっこりと微笑んで告げる。それだけで彼女の目的は察することができた。

「ええ。お礼がしたいからと訪ねていらっしゃいましたね」

にこやかに応じると、フェリシアが距離を詰めて耳もとに唇を寄せてくる。

「それで、レティはいかがでしょう?」

「露骨に訊《き》かないでくださいよ」

オズワルト邸で倒れたあの日もそうだったが、フェリシアはいささか明け透けな物言いをする。あまりにも率直な問いに苦笑せざるを得ない。

「それだけ懸命なのです。十八までに結婚することがラファイエット家の仕来《しきた》りなものですから」

仕来《しきた》りであっても急がせる必要はないだろうに、と思ったが、他人が口出しできることではない。

それに、案外不快ではないのが困ったことだ。セオフィラスは笑顔を作り直す。

「レティーシャさん自身にも話を聞いてやってください」

ではこれで、と頭を下げてその場を去る。

セオフィラスはフェリシアに、自分はレティーシャに嫌われているのではないかとうっかり問いそうになった。けれど、自分にその気があると誤解されて話がややこしくなるのはレティーシャには迷惑だろうと口を噤《つぐ》む。

結婚、か……

彼女に出会ってから頻繁に聞く単語だと思い、セオフィラスは不思議な縁を感じつつあった。

第三章　引き籠《こ》もり令嬢と不意打ちの口づけ

数え切れないほどのきらびやかなドレスを前に、レティーシャはあからさまに嫌な顔をしていた。

「ほら、レティ。もう少しニコリとしなさいな」

「そうよ。ドレスを新調するっていうのに、どうしてそんな顔をするの？　世の中の乙女は目を輝かせる場面でしょう？」

そうは言われても、気が乗らないパーティーのための衣装を選ぶのは苦痛でしかない。

今、レティーシャは姉たちが贔屓《ひいき》にしている仕立て屋の店内にいる。既製品が並ぶ部屋とは別の広い試着室で、イブニングドレスを選んでいるところだ。

エレアノーラとフェリシアにドレスをプレゼントするからと言われて、無理やり連れてこられたのだった。

セオフィラスを口説き落としてこいという姉たちの希望を叶えることは確かにできなかった。しかし頑張って屯所《とんしょ》まで行ったのだ。それによって婚約者探しは一度中止になると期待していたので、パーティーへの強制参加は不意打ちである。

レティーシャは男性のいる場所だと緊張して、何かしらの失敗を犯す。パーティー会場であっても例外ではない。ラファイエット家の恥さらしになるとわかっていて、なぜ喜べるというのだろうか。

それにしても、どうして私に招待状が……

レティーシャは今朝届いた招待状のことを思い出す。

招待状は公爵家で開催される舞踏会のお誘いだった。

主催者はレオナルド・レイクハート。公爵家嫡男であり、レティーシャが社交界デビューをしたときに挨拶をしたことがある人物でもある。しかし、わざわざ指名してくるほど親しくしている覚えはない。

セオフィラスさまのお兄さまだそうですけど……

胸の辺りがモヤッとするのはどうしてか。もし、セオフィラスの名前で呼び出されていたのなら、もっと楽しみにできたのかもしれない。

ふう、と小さく息を吐き出す。

「とにかく、あなたに似合うドレスでめかしこんで、いい人を捕まえてきなさい」

出されたドレスをレティーシャの身体に合わせながら、エレアノーラが早口で告げる。

招待状を見るなりドレスを買いにいこうと提案したのは彼女だ。

「レイクハート邸でパーティーということは、セオフィラスさまもいらっしゃるでしょうし。ご多忙でいらっしゃるためか、最近のパーティーには顔をお出しにならないけれど、自宅でのパーティーに出なかったことは一度もなかったから、確実にお会いできるはずよ」

「フェリシアお姉さま、まだ諦めていなかったんですか……」

朱色のドレスをレティーシャにあてがいながら言うフェリシアに、レティーシャは辟易《へきえき》した様子で返す。

「せっかくできたご縁ですもの、無駄にしてはいけませんでしょう？」

フェリシアは、朱色は似合わないわね、と呟《つぶや》いて別のドレスを見に行く。

「私なんかを押しつけられてもセオフィラスさまがお困りになるだけですよ」

次から次にドレスをあてがわれて、レティーシャは眩暈《めまい》を起こしそうになる。

キラキラしたものに興味がないわけではないが、どれも自分と不釣り合いに感じられて手に入れたいとは思えなかった。

「あの……私、お姉さまたちのお下がりで充分なんですけど」

見た目の華やかさこそ大きく違うが、三姉妹ともに身長も体格もあまり変わらない。背はレティーシャが一番低いとはいえ、靴のヒールで調整が可能な程度である。ドレスの貸し借りはできるはずだ。

確かに、レティーシャは引き籠《こ》もっていてめったにパーティーに出ないため、ドレスを片手で足りるほどしか持ち合わせていない。その枚数は、十四歳で社交界デビューを果たしてからパーティーに出た回数と完全に一致している。

一方で、姉たちは自分たちの美貌が最も映えるドレスを作っては、パーティーで惜しみなく披露してきた。それによってラファイエット家が栄華を極めていることを示せるからだ。

結婚した今も、彼女たちは華やかに着飾ってはパーティーに出向いている。その一つを貸してもらえば済む話だった。

「レティ、わかってないわね」

はあ、とエレアノーラがため息をついて、フェリシアを見やる。エレアノーラの言葉に、フェリシアが頷《うなず》いた。

「レティは私たちと似ていないから、お下がりじゃいけないのよ」

はっきりと言われて、レティーシャの胸がチクリと痛んだ。

姉たちのような柔らかなブロンドも、ふさふさとした睫《まつげ》毛も、ぷるりとした唇もレティーシャは持っていない。

芯のある赤毛、いつまで経っても幼い顔立ち。自分が見栄えしない人間であることはよくわかっている。

ああ、やっぱり私はお姉さまたちみたいな美人じゃないから……

そのうえ、鈍臭くて家の足を引っ張るような人間を、妻として必要としてくれる人は絶対にいない。

セオフィラスは好意的に評価してくれたが、あれはまだ自分と親しくないからだろう。

自然と涙がこぼれた。

「え、レティ。なんで泣いているんですの？」

「もう。素敵なドレスを選ぶのに、泣いていたらわからないわよ？」

どうせお姉さまたちは私の話を聞いてくれないじゃないですか。

ドレス選びのセンスについてはどう考えても姉たちのほうが上である。常に流行を押さえて最先端のデザインを着こなしてきた人たちだから、彼女らに任せれば間違いはない。

とはいえ、このままじゃいけない――そう理解しているのにうまく立ち回れない自分が歯痒《はがゆ》かった。

「ごめんなさい、姉さま方。ちょっと失礼します」

レティーシャは涙を拭《ぬぐ》いながら、部屋を駆け足で飛び出す。

結局、ドレスはエレアノーラとフェリシアが意見を出し合い決めた。レティーシャは疲れすぎていて、何も口出しせずに頷《うなず》いただけだった。


その日の夜。

レティーシャはベッドで横になり、青年騎士の姿を思い浮かべていた。

誰かを恋しく思ったのはこれが初めてだ。

父親を亡くしたときのことは覚えていない。幼すぎて、当時のことを記憶していないからだ。だから、父親を恋しく思ったことはなかった。

母親を亡くしたとき、姉たちが様々な手続きをしていたのは知っている。そして、儀式的なものを一通り終えた途端に二人が体調を崩してしまった。彼女たちの世話に奮闘したレティーシャには、母親がいなくなって寂しいと感じている余裕はなかった。二人が元気になったあとも、レティーシャはいつも通りで母親を恋しく思えなかったのだ。

セオフィラスさま……。無事に安眠を手にすることができたのでしょうか。

レティーシャはこのところ眠りにつく前に、彼のことを思い出すようになっていた。それはたぶん、自分が彼の役に立てたかどうかが気になるからだろう。彼に会ったら、ぜひ結果を訊《き》きたい。

暗い部屋の中、暖かなベッドの中で彼を案じる。眠れていますように、少しでも気持ちが穏やかでありますように、と。

でも、とふと思う。一時的に症状を緩和できたとしても、根本的な解決がなされなければ眠れないのではないか。

もし必要だったら、また香水を持っていったほうがいいかもしれない。

彼のことを考えるのはとても楽しく、また会いたいと願ってしまう。それは、失敗してもレティーシャを責めたり嫌な顔をしたりせず、彼はいつも優しく包んでくれるから。

おやすみなさいませ、セオフィラスさま。逢うのならば、夢の中で……本人に迷惑をかけなくて済むから。

目を閉じて、彼を想った。

華やかな衣装に身を包んだ貴婦人や、細かな刺繍《ししゅう》が施《ほどこ》されたコートを羽織《はお》った紳士など、美しく着飾った人々にレティーシャは圧倒されていた。どの人もパーティーに呼ばれたお客なのだろう。

日が暮れてしまったにもかかわらず、舞踏会の会場となったレイクハート家の大広間は顔がはっきりとわかるくらいに明るかった。

大きな失敗をする前に帰ろう……

自分には不釣り合いな煌《きら》びやかな場所に、レティーシャは気後《きおく》れしていた。できることなら今すぐにでも帰りたいが、公爵家からのお誘いを自分の身勝手な都合で断るわけにもいかない。

さっさと主催者に挨拶して、会場をあとにしたい。それはそれで姉たちに文句をつけられるに違いないけれど、倒れて送り届けられるよりはずっといいだろう。

真新しいアイスブルーのドレスを身にまとったレティーシャは、会場の奥へ進む。

「――あら、あの赤髪の娘は見かけない顔ね」

「あぁ、ラファイエット家の引き籠《こ》もり令嬢だよ」

「へえ。お姉さんたちとは似ていないんだな」

こそこそと話す周囲の声が耳に入ってくる。レティーシャは恥ずかしさで顔を火照《ほて》らせた。

いつだって人目にさらされると、美しい姉たちと比較される。加えて、動けば何かと失敗して目立ってしまう。レティーシャの足は自然と社交場から遠退き、ついた名前が『引き籠《こ》もり令嬢』だ。不名誉なあだ名である。

周りの声を気にしちゃいけないわ、レティ。お招きくださったレオナルドさまにご挨拶するまでの辛抱よ。

何度も自分に言い聞かせて、レティーシャは招待状を送ってきたレオナルド・レイクハートの姿を探した。社交界デビューのときの記憶を頼って辺りを見回す。あまりの人の多さに酔ってしまいそうだ。

会場をさまよっていると、一瞬、周囲がざわついた気がした。人の波を縫うようにして現れたのは、艶《つや》やかな黒髪にアメジストの瞳を持つ騎士風の青年だ。

レティーシャは見知った顔が近づいてきているのがわかり、驚きと緊張で身体を強張《こわば》らせた。

どうして？

「ようこそ、レティーシャ。来てくださって嬉しく思います」

動けないレティーシャの前に、青年――セオフィラスは慣れた所作でひざまずく。レティーシャの手を取ると、指先に優しく口づけを落とした。

素肌に触れる柔らかな唇の感触に、微《かす》かに眩暈《めまい》を覚える。胸が高鳴り、体温が僅《わず》かに上がったような気がした。

「そのドレス、よくお似合いですね。あまりにも可愛らしかったものですから、声をおかけするのに躊躇《ちゅうちょ》してしまいましたよ」

彼はひざまずいたままレティーシャを見上げて微笑んだ。

「あ、あの、私……」

こんなとき、どう答えたらよいのかわからない。わかっていたとしても、どうせうまく伝えられないだろう。

困惑するレティーシャの手を取ったまま、セオフィラスが立ち上がる。

どうしよう……

セオフィラスと再会できたのはとても嬉しかった。

あれからどうしているのかとずっと気にかかっていたのだ。直接会うことができれば、少しは状況がわかるだろうと期待していた。

けれど、周りに注目されるのは怖い。

主催者の弟がこうしてうやうやしく接する相手が、引き籠《こ》もり令嬢と呼ばれているレティーシャなのだ。どんな関係なのかと探りたくなることだろう。

沈黙を続けていると、セオフィラスが告げた。

「俺が案内役を務めてもよろしいですか?」

「は、はいっ!」

そう答えるのが精一杯で、レティーシャはセオフィラスに促《うなが》されるままに歩き出す。

「……周りの声など気になさらないでください。言いたい奴には言わせておけばいい。あなたが逃げる必要はありませんよ」

周囲の態度にびくびくしてしまうレティーシャに気づいていたらしい。セオフィラスがレティーシャにだけ聞こえるようにそっと耳打ちをした。

「あなたにはあなたのよさがあります。自信を持って前を向いてください」

「で、ですが……」

セオフィラスに可愛らしいと言ってもらえたのは嬉しかったが、社交辞令であることくらいはわかる。姉たちと比べて見劣りしているのも事実だ。よさがあると言われても、なかなかそんな気分にはなれない。

「兄さま」

少し俯《うつむ》き加減で歩いていると、ふいにセオフィラスがある人物に声をかけ、立ち止まった。

「セオ。――あぁ、彼女がお前が言っていたお嬢さんかい？」

「えぇ」

親しげに問われて、セオフィラスが控え目に頷《うなず》く。

やや長めの銀髪に、サファイアのような美しい瞳を持つ柔和な顔立ちのその青年には見覚えがある。レオナルド・レイクハート――セオフィラスの兄だ。

「ご無沙汰しております。レティーシャ・ラファイエットです。今宵《こよい》はお招きくださいましてありがとうございます」

レティーシャはきちんと復習をしてきた所作で挨拶した。

緊張で声が上擦《うわず》ってしまったが、自分にしては上出来だ。

「礼には及ばないよ。今日のパーティーに君を呼びたいと言い出したのは、そこにいるセオだ。彼に礼を言うといい。ぜひ楽しんでいってくれ」

優しそうな表情でそう告げると、レオナルドは他の客人に呼ばれて行ってしまった。主催者だけに忙しいのだろう。

レオナルドの発言に、レティーシャは目をパチパチとさせた。

私を呼んだのはセオフィラスさまなの？

隣に立つセオフィラスの顔を窺《うかが》うようにそっと見上げる。

「兄さまは余計なことを……」

「はい？」

彼の独り言に思わずレティーシャは訊《き》き返す。

セオフィラスがちらりとこちらを見て、口もとを片手で隠すと耳を赤くした。

「本当に……セオフィラスさまが私を誘ってくださったのですか？」

「……こういう場はお嫌いでしたか？　あなたにお会いしたいと思っていたのですが、二人きりだとまた緊張されるんじゃないかと考えて、パーティーにお呼びしたのですが……」

気を遣わせてしまったのだとわかり、レティーシャは申し訳なく思った。慌てて首を横に振る。

「嫌いというわけではないのです。ただ、不慣れなもので……」

どうやら彼はレティーシャが引き籠《こ》もり令嬢と呼ばれていることを知らなかったようだ。パーティーへの出席を控えていたと聞いていたので、社交界の噂話に疎《うと》いのかもしれない。

自分がうまく答えられていないことに気づいて、レティーシャは慌てて言葉を続ける。

「あ、でも、あのっ、私もセオフィラスさまにお会いしたいと思っておりました。同じ気持ちだったと知り、嬉しいです！」

懸命に自分の気持ちを伝える。迷惑ではなかったということだけは理解してほしかった。

「よかった」

レティーシャの説明に、セオフィラスは安心したように笑顔を作る。それを見て、レティーシャもほっとした。

会場を音楽が彩《いろど》る。ワルツの音色に、広間の中央がダンスをする男女で華やぎ始めた。

「一曲、俺と踊っていただけませんか、レティ？」

自然な所作で手を差し出される。だが、レティーシャはすぐには彼の手を取れなかった。

ダンスの練習ならしっかりとしてきた。フェリシアがセオフィラスに会えるかもしれないと茶化すので、老執事のジェラルドに頼み、失礼がないように特訓をしてきたつもりだ。

だがこれまでの経験上、実践でうまくいかないことはわかっている。

男性を前にしてしまうと身体が動かなくなり、どうしても相手に迷惑をかけてしまうのだ。何度か挑戦したものの失敗が続き、相手に申し訳ないのでほとんど踊ったことはなかった。

「お、お気持ちは嬉しいのですけど……ダンスは苦手で」

レティーシャはやんわりと断りの言葉を告げる。

彼に恥をかかせるわけにはいかない。誘ってもらえただけでもありがたいので充分だった。

視線を外すと、セオフィラスが言う。

「踏まれても蹴られても、俺はかまいませんよ。知らんぷりをして、最後まで踊りきってみせます。転びそうなときはしっかりと支えますから」

どんな顔をしてそんな台詞《せりふ》を言ったのだろうと見れば、彼は安心させるような優しい笑みを浮かべていた。

不思議な人……

真面目そうなセオフィラスが茶目っ気を感じさせる口調でそんなことを告げたので、レティーシャはつい笑ってしまう。

「面白いことを言いますのね」

「踊っていただけますか？」

この声に、この表情に、自分を託《たく》してしまおうという気にさせられる。

「後悔しても知りませんよ」

レティーシャは差し出された手を取り、セオフィラスにダンスの輪の中へと導かれた。

彼の言葉でいくらか緊張が和らいだのだろう。リードがうまかったのもあって、今まで感じたことがないくらい気持ちよくステップを踏む。

すごい……あんなに苦手だったのに、この人とずっと踊っていたいって思えるなんて。

まるで風にでもなったかのような気分だ。すっと身体が運ばれてとても軽い。人にぶつかることもないし、足を踏むこともない。転びそうになることも全くなかった。

あっという間に一曲が終わる。名残惜《なごりお》しい気持ちでいると、セオフィラスが告げた。

「苦手だなんてご謙遜《けんそん》を。お上手ではありませんか」

「それはセオフィラスさまが優しく導いてくださったからですわ」

とんでもないと反論すると、唇を人差し指でそっと押さえられた。

「セオ、とお呼びください、レティ」

姉たちのように「レティ」と呼ばれ微笑まれてしまうと、もう首を横には振れなかった。

自己紹介をしたときに愛称で呼んでくれと言ったのはレティーシャのほうであったが、自分がセオフィラスを愛称で呼ぶことになるなんて考えてもみなかった。胸がドキドキする。

「レティ、もう一曲お相手していただけませんか？」

「はい、喜んで。……セオさま」

セオと呼ぶのに少しだけ抵抗があり、変だと自覚しつつも敬称をつけてしまう。だが、セオフィラスは嫌な顔はしなかった。

互いを愛称で呼ぶなんて、まるで恋人同士のようだ。

照れくさかったが、彼がそうしてほしいと言っているのだから逆らえない。何より、今だけでもそう呼びたいとレティーシャは思っていた。

ダンスを踊り終えたあと、セオフィラスにパーティーに参加している騎士団のメンバーを紹介された。

一人は副団長をしているという青年、アダルバート・アンダース。彼はセオフィラスよりも長身だ。ダークブラウンの髪を後方へ撫《な》でつけており、ブルーサファイアの瞳が冷たい印象を与えるが、話してみると案外とユーモアがある人だった。おそらくとても頭の回転がよい人なのだろうとレティーシャは感じた。

もう一人は、以前オズワルト邸で顔を合わせたことのある童顔の青年、エドウィン・アイゼンバーグ。男性にしては小柄で、言動に少々幼稚な部分があるのでレティーシャは自分と歳が近いのかと思ったが、訊《き》けばセオフィラスと同じ二十三歳なのだそうだ。

彼らのあとも数人の客人たちと挨拶をしたが、セオフィラスが隣にいると相手が男性でもすんなりと自己紹介をすることができた。自然と背筋が伸びて顔を上げられるようになり、別人にでもなったかのような気分だ。

まるで魔法にかかったみたい。

これまでパーティーを楽しく感じられなかったレティーシャだったが、今日は全く違った。帰りたくない気持ちになったのは初めてだ。すべてはセオフィラスのおかげである。この礼をどうやって返せばいいものだろうか。

何かを望まれたら、応えられるように努力しよう。

セオフィラスのために何かしたいと、レティーシャは強く思った。

一通り客人たちへの挨拶が終わると、セオフィラスはレティーシャを人があまり寄らない会場の端に誘導する。用事があるからここで待っていてほしいと告げて彼は立ち去った。すぐに戻ってくるとのことだが、大広間の壁際で一人になってしまうと先ほどまでの気持ちが嘘のように心細くなる。

セオフィラスさまと一緒だと楽しかったな……

寂しい気持ちを振り払うため、セオフィラスのことを思い出す。彼のエスコートは完璧で、とても心地よかった。こんな経験はしたことがない。

早く戻ってこないかしら。

久しぶりのパーティーだからか、近くを通る人から好奇の視線を感じる。ひそひそ声や知らない人の名前が聞こえてくるが、レティーシャはもう逃げたり隠れたりしようなどとは思わなかった。

「——今宵《こよい》は楽しめましたか？」

急に声をかけられた。見知らぬ男性の声に、レティーシャの身体は瞬時に強張《こわば》る。

視界に入ってきたのは、長めの銀髪を後ろで一つに束ねている男性だった。年齢は三十歳に満たないくらいだろうか。身長は平均的で、顔が丸いからか小太りに見える。人がよさそうな雰囲気が漂《ただよ》っているものの、レティーシャは相手が男性であるというだけで緊張を強《し》いられていた。

セオフィラスさまがいないと、身体が動かない……

さっき自然に振る舞えたのは、セオフィラスに背中を支えてもらっているような気分だったからだとはっきりわかる。一人ではうまくやれそうにない。

それにこの人は誰？　会ったことがある人だったかしら。忘れていたら失礼になってしまうけれど、訊《き》いたほうがいいわよね？

どうすべきかと悩んでいるうちに、相手のほうが口を開いた。

「ああ、君とは初対面でしたね。シルヴィア嬢に似ていらっしゃるから、つい話しかけてしまいました」

シルヴィア嬢？　どこかでその名前を聞いた気がするけど……

近くを通った人々の口からときおり聞こえてきた名前だ。

なるほど、レティーシャと容姿が似ているので名前があがったというわけだ。ただ、特別に珍しい名前でもないため、どこのシルヴィアさんと間違えられたのか交流関係の狭いレティーシャにはわからなかった。

「はあ……」

どう返すのが適切なのか瞬時にわからず、レティーシャは気のない返事をしてしまう。

失礼な対応だったにもかかわらず、男性は気にしていない様子で自己紹介を始めた。

「僕はセシル・ベネディクトと申します。君はレティーシャ・ラファイエットさんですよね？」

「は、はい。そうです……けど……」

完全に相手のペースだ。レティーシャは困惑するが、セシルと名乗った青年は気にとめず話を進める。

「ずっとお会いしたいと思っていたんですよ。ほら、引き籠《こ》もり令嬢だなんて言われているくらいパーティーに顔を出されないでしょう？　なかなかご挨拶できなくて」

「そ、それは申し訳ありません。人の多い場所が苦手でして……」

彼の目的がよくわからない。レティーシャはお近づきになりたいと思えるような魅力的な人物ではない。それなのにわざわざ話しかけてきた彼は、不審人物以外の何者でもなかった。

「そうでしたか。なるほどなるほど。それではさぞかしお疲れでしょう？　夜も更けてまいりましたし、僕が屋敷までお送りしますよ」

セシルはニコニコして誘ってくる。

これはありがたい申し出だとレティーシャは感じた。というのも、エレアノーラから帰宅するときは誰かに送ってもらうように言われていたからだ。

治安がよくなってきたとはいえ、夜に女性が一人なのは危険だからと心配してくれたのだろう。

しかし、今はセオフィラスを待っている。彼が屋敷まで送ってくれるとは限らないが、少なくともここで勝手に帰るわけにはいかない。

「あ、ありがたいのですが……その、セオさま――セオフィラスさまとの約束が……ありますので……」

男性の顔を見ながら言うことはできなかった。俯《うつむ》いて、でも必死に伝えようとする。

ちっと舌打ちが聞こえた気がした。

「その……すみません」

謝らねばと、咄嗟《とっさ》にレティーシャは深々と頭を下げる。

すると彼は一歩下がった。

「ああ、いえいえ。いいんですよ。先約があるのでしたら。次の機会にまたお誘いします」

レティーシャがなかなか頭を上げなかったからか、セシルはそのまま去った。

身体が弛緩《しかん》する。

喉が渇いてしまったわ……

セシルが去ったあとも壁際に立っていたレティーシャだったが、ダンスをしたり挨拶をしたりが続いたこともあり、喉がからからになっている。

グラスを持った貴婦人を見かけたので、どこかで飲み物を配っているはずだと見当をつけて会場を見渡す。しかし、大広間の中には飲み物を置いている場所はないらしい。続いて隣接する部屋のほうを見やると、飲み物を配っている使用人らしき少女の姿が目に入った。

すぐに戻ればいいわよね。

少しだけ早歩きで目的の部屋に行き、給仕係の少女に声をかける。

「あの、一ついただけるかしら？」

「どうぞ」

レイクハート家の使用人なのだろう。彼女はにこやかに答えてグラスを一つ、レティーシャに手渡した。

「ありがとう」

給仕係が去ったところで、レティーシャは改めてグラスを見た。琥珀色《こはくいろ》の液体がたっぷりと注がれて、ふんわりと甘く香る。

何かの果汁かしら？

早速一口《ひとくち》含んで味をみる。ほのかな芳香が口いっぱいに広がった。葡萄《ぶどう》の果汁から作られているようだ。

甘くて美味《おい》しい。それにとても口当たりがよく、気づいた頃には中身は空になっていた。

あれ……視界がぼやっとしますわ……

体温が上がってきたみたいで、熱っぽく感じられる。

今日はいろいろと頑張ったので疲れが出てきたのだろうか。

「レティ。ここにいたのですか」

そのとき、セオフィラスに声をかけられた。待っていてと指示された場所から移動していたので
レティーシャを探したらしい。

「ご、ごめんなさい」

そちらを見ようとして、身体が思うように動かなくてふらついた。

「あ、れ……？」

「レティ？」

異変を感じ取ったらしいセオフィラスが、すぐにレティーシャの身体を支えた。

「すみません、セオさま。なんか、私……」

彼を見上げるが、焦点が定まらない。

「少し休みましょうか」

セオフィラスの提案にレティーシャは頷《うなず》いた。

廊下の空気はほどよくひんやりしていて心地がいい。

どうしちゃったのかしら、私……

セオフィラスに導かれるまま会場の外に出る。ときおりレイクハート家の使用人と思《おぼ》しき人が歩いている他には人の姿はない。

「レティ。抱えますよ」

「……え、あ、ひゃっ！」

はいと答える前に視界が変化する。

ぼんやりとした視界の中、急にセオフィラスの端整な顔がはっきりと見えて、レティーシャの身体はすぐに熱を上げた。

「な、何をっ」

「落ちないように、首の後ろに手を回してくださいね。行きますよ」

ちょっと強引な言い方であるが、それに対してどうこう考えている余裕がレティーシャにはなかった。セオフィラスに横抱きにされ、運ばれる。それも、やや早足で。

何が起きているの？

自分を落とすようなことはされないだろうとは思うが、言われた通りに彼の首の後ろに手を回す。ますます彼を近くに感じて、周囲のことが全く頭に入ってこなかった。

どこをどのように通ったのかわからない。しかし、セオフィラスは自宅だからか迷いなく進む。やがて、レティーシャは静かな一室に案内された。部屋に置かれていた大きなベッドに座らされる。ふかふかして心地がよい。きっと上等なものなのだろう。

セオフィラスがテーブルに置かれていた水差しとカップを手に取った。

「お酒を口にしたようですね」

「え？」

さっき口にした甘い液体の正体がわかり、レティーシャはこれが酔っている状態なのだと薄《うっす》ら理解した。お酒を飲んだのは初めてだ。

「少し目を離した途端に酔うなんて、俺を誘惑するつもりですか？」

気のせいか、彼の言葉にはそうだったら楽しいと言いたげな響きが感じられた。

ううん、違うわ。セオフィラスさまが思っていらっしゃるんじゃなくて……

自分の願望がそう思わせたのだとの結論に、レティーシャは驚いて首を小さく横に振る。

「ち、違います。誘惑だなんて……私はただ、喉が渇いたから飲み物を、と思っただけで……」

「でしたら、俺が潤《うるお》して差し上げますよ」

彼はカップに注いだ液体を口に含むと、レティーシャの前までやってきた。これから何が起きるのか全く予想できなくて彼を見上げたそのとき、唇を唇で塞《ふさ》がれる。

「んっ！」

セオフィラスの大きな手が頭の後ろに回って、レティーシャをさらに上向かせる。自然と開いた唇から、彼が口に含んでいた液体が流れ込んだ。温《ぬる》くなった液体はどこか甘く、レティーシャは素直に飲み込んでしまった。

「上手に飲めましたね」

アメジストの瞳が熱っぽく見つめてくる。唇を指先で優しく拭《ぬぐ》われて、レティーシャははたと気がついた。

これって……キス？

それは初めての口づけ。

びっくりしたレティーシャは思わずセオフィラスを突き飛ばそうと手を伸ばす。だが、力が入らなくてどうにもならなかった。

「やっ……お願い、セオさま。これ以上お近づきにならないでっ！」

彼が嫌いだということではない。ただ、急に距離が近くなりすぎたみたいで怖かったのだ。自分が浅ましい人間に感じられて、それが嫌だった。

セオフィラスともう少し長く一緒にいたいと願ったのは本心からだ。だけど、お酒を利用してこんなことまでしてもらいたいなどとは考えていない。

事故なのに、彼にそういう女だと思われてしまったことが悲しく、レティーシャは自分の軽率な行動を悔やんだ。

「あのっ。本当に違うんです」

悲しい。つらい。なかったことにしたい。

セオフィラスを突き飛ばすだけの力が出なくても、距離をおくことはできるかもしれない。出せる力を振り絞って手を振り回す。

とにかく彼から離れて、気持ちと体勢を立て直し、言い訳をしたかった。

「落ち着いてください、レティ。暴れると余計に酔いが回りますよ。……レティ」

暴れるレティーシャを、セオフィラスは押し倒して難なくベッドに組み伏せる。これではレティーシャは身動きできない。

「セオさま、やめ――んっ」

身体をよじっているところをセオフィラスに抱きしめられた。彼はレティーシャの赤い髪に指を言《は》わせ、なだめるように頭を撫《な》でる。

もう片方の手で背中を撫《な》でられると肌がざわついた。

布越しの体温に彼を強く感じる。なだめるためにしているはずの行為なのに、気持ちが落ち着いたら終わるものなのに、もっとそうしていてほしいだなんて考えてしまう。離れてほしいと願っていたはずなのに。

どうしよう。心地いい……

彼だからそう思うのか、お酒がそう感じさせるのか、よくわからない。暴れて乱れていた呼吸が、別のもののせいでさらに激しくなる。

どうしよう。なんなの、これ……

困惑していると、セオフィラスが口を開いた。

「こんな体勢なので説得力はありませんが……無理やりあなたを襲うようなまねはしないと誓います。ですから、落ち着いてくださいレティーシャ」

耳もとで囁《ささや》かれ、身体がぞくぞくした。

「そういうことじゃなくて……」

「そういうことではなくて？」

身体の向きを変えられ互いに横を向いたところで、レティーシャは彼の胸に縋《すが》りついて顔を埋《うず》めた。どんな顔をしたらいいのかわからなくて。

小さく息を吸って、レティーシャは答える。

「男の人が怖いんです……」

身体が僅《わず》かに震えてしまった。

頭を撫《な》でていた彼の手が止まる。

「……まさか、乱暴された経験でも？」

「いいえ」

不安げな問いに、レティーシャは小声で答えた。

「そうでしたか。俺は俺個人が苦手なのかと思ったのですが……申し訳ないことをしましたね」

優しくもう一度抱きしめると、セオフィラスはベッドから下りる。

「今夜は少し仲良くなれたかもしれないと調子に乗りました。口移しはやりすぎですね。もうあのようなことはしません。——それと、今夜はこちらで休んでいってください」

「え？　ですが……」

上体を起こし、断ろうとするレティーシャをセオフィラスは再び寝かしつけて頭を撫《な》でる。

「あなたにお詫《わ》びをしたいのです。ゆっくり休んでください、レティ」

彼の大きな手で撫《な》でられると、どこか気持ちが和らいだ。酔いのせいもあるのだろう。目蓋《まぶた》が重くなり、レティーシャは自然と眠りについていた。

＊　☆　＊

俺はなんて卑劣なことを……

レティーシャを部屋に残し、セオフィラスはパーティーの会場である大広間に早足で戻った。

その足音にいつもの気品や優雅さは微塵《みじん》もない。苛立《いらだ》ちがにじみ出ている。

「あれっ？　団長、こんなところにいていいんですか？」

そんなセオフィラスに、のんきに声をかけてきたのはエドウィンだった。

「エド」

ちょうどいいところにいたとばかりに、セオフィラスは彼の腕を掴むと廊下に出た。

「ちょ……団長？　なんっすか、そんな怖い顔をして。僕、見ましたよ！　団長がレティーシャ嬢を横抱きにして連れ出しているところ！　やるじゃないですか……って、イチャイチャしてなくていいんっすか？　てっきり僕は今頃部屋で――」

「黙れ」

反射的に右手が動き、エドウィンの頭を壁に押しつける。

「んぐっ！」

エドウィンの目が驚きで丸くなるのを見て、反省すると同時に、自分がどれほど苛立《いらだ》っているのかに気づく。急いでエドウィンを解放し、セオフィラスはその場にしゃがんだ。

申し訳なくて顔を上げられない。

「いてて……茶化しすぎたとは思いますけど、今のはちょっとキツくないっすか？」

非難するエドウィンの声は小声だ。

セオフィラスに何かあったのだと察したらしい。

「悪い……本当はお前に殴ってもらうつもりでいたんだが……」

「それでなんで僕がこんな目に遭《あ》ってるんですか」

結構痛いんですけどと続く台詞《せりふ》に、セオフィラスはますます彼の顔を見られない。

「悪い……」

エドウィンのおかげで冷静さを取り戻せたのは事実だ。心からすまなかったと詫《わ》びた。

「……別にいいですけど、何かあったんですか？」

セオフィラスは自分がレティーシャに迫ってしまったことと、彼女が自分を嫌っていたわけではなかったらしいことをかいつまんで話した。誰かに聞いてもらいたい気持ちが強かったのだ。

ただし、自身の不眠症の話とレティーシャの男性恐怖症の話はきちんと伏せる。

「――けしかけるようなことを言ったのは僕ですけど、ふつう、嫌われているかもしれないと思っていた相手にそういうことしますかぁ？」

もっともな意見に、セオフィラスははぁとため息で答える。

「わかっている。つい、魔がさした」

酒に酔った彼女を見て、欲情してしまった。色っぽく見えたのだ。上気した肌、潤《うる》んだ瞳。それでいながら彼女が自分を信じきっているのが伝わってきて、手に入れたくなった。家に帰したくない、自分のものにしてしまいたい――そう強く。

睡眠不足なだけでなく、欲求不満でもあるんだな……

今まで色仕掛けを受けたことはいくらでもあったが、一度も気持ちが揺らがなかったのに、と悔しく思う。今後は相当気を引きしめないと、レティーシャにとって不本意なことをしてしまうかもしれない。それは確実に避けねばならないことだ。

「まあまあ。そんなに落ち込まないでくださいよ」

やれやれといった様子で、エドウィンが暗い表情になったセオフィラスの肩に手を置く。

「とはいえ、やってしまったことは、なかったことにはできないですよ。誠実な態度で謝り続けるしかないんじゃないですか？　嫌われてしまったんだったら、近づかないようにするしかないでしょ」

「そうできればいいんだがな。俺は俺が信用できない」

「まあ、好きな人に触れたくなるのは自然なことだとは思いますけどねぇ」

「好きな人……か。レティーシャを好ましく感じているのは認めるが、そういうのとは違う。それにたとえそういう気持ちがあるのだとしても、俺は彼女にふさわしくない」

性欲のはけ口に彼女を求めたのだとしたら……卑劣な男だよな。

あのまま抱かなくて正解だった。彼女を傷つける結果になっていたに違いないから。

「またそういうことを言うんですか？　生真面目《きまじめ》さよりも異常に感じますね。昔の女に操《みさお》を立てても、彼女は死んでいるんですよ。団長には幸せになる権利があるんです。この状態が幸せだというなら口出しするのは野暮ってものですけど、僕には幸せそうに見えないんだけどなあ」

今が幸せかどうかと問われると、幸せだとは言いきれない。それは、あの日の過《あやま》ちを夢に見てうなされるくらい悔やんでいるからだろう。

セオフィラスは三年前のあの日、苦悩していた恋人――シルヴィアに手を差し伸べることができなかった。彼女はパーティーの帰りに何者かに陵辱《りょうじょく》され、心と身体をひどく傷つけられたのだ。

そのショックがどれほどのものなのか、若いセオフィラスには想像できなかった。拒絶したつもりはなかったのだが、今でも恋人をどう慰《なぐさ》めたらよかったのかわかっていない。シルヴィアは心を病んで自殺してしまったのだから。

「――中途半端なままで、終わりにするわけにはいかないだろう？」

「僕にはわからないなあ」

本気でエドウィンは理解できないらしかった。だが、同じ立場になったことがない以上、わからないものがあって当然だろう。

三年間、セオフィラスはずっとずっと自身を責め続けている。事件にケリがついていれば再出発する気になったかもしれないが、あの日、シルヴィアを傷つけた犯人はまだわかっていない。終わったことにできない以上、新しい恋人は作れなかった。

「けじめをつけてからと思うなら、それなりの手順をふめばいい話でしょ。いつまでもうじうじとためらってないで、僕らが誇りに感じているいつもの団長に戻ってくださいよ。戻れないっていうなら、これを機に少し休暇を取ったらいかがですか？　副団長も休暇を取れってずっと文句言っているし、ちょうどいいじゃないですか」

エドウィンの提案に、それもいいかもしれないとセオフィラスは納得した。現場を長く離れるわけにはいかないが、少し休むのはありだ。気持ちと情報の両方を整理したい。

「そうだな」

頷《うなず》くとともに決意をした。

そして、もし彼女が自分を許してくれるのならばレティーシャと交流を深めてみたいと思っているることにも気づく。自分の不眠症の解消を手伝ってもらい、一方で彼女の男性恐怖症の克服に手を貸すことができればいい。もっとも彼女はそれを望まないだろう。それでも明日、彼女を家に送るときに提案しようと決めたのだった。


エドウィンと別れると、セオフィラスは会場である人物を探していた。

確か招待しているはず。まだ帰ってないといいんだが……

レティーシャのエスコートを優先していて、その人への挨拶が済んでいない。情報の共有のためにも今、会っておきたかった。

「ごきげんよう、セオフィラスさま。レティがお世話になっております」

ちょうどよく、大広間に隣接した人気《ひとけ》のないテラスで探していた人物に声をかけられる。セオフィラスはすぐに向き直った。

ふわふわとした柔らかな金髪、優しい光を宿したサファイアブルーの瞳。会場の人々を男女ともに惹《ひ》きつける美貌を持つその女性はオズワルト夫人——フェリシアだ。

「いえ」

実はセオフィラスにレティーシャのエスコートを頼んだのはフェリシアだった。「レティーシャはパーティーになかなか出席しないから不慣れですの。当日のエスコートをお願いできませんかしら」と言われたのだ。

そもそも、彼のほうもレティーシャをパーティーに誘ったときからそのつもりでいた。行動を共にしていれば、自然と喋《しゃべ》る機会が増える。彼女をもっと知りたかった。周りからの評判だけではなく、彼女自身から情報を得たかったのだ。

「一つ、ご報告があるのですが、今よろしいですか？」

「ええ、何かしら？」

不思議そうにフェリシアが首を傾《かし》げた。

セオフィラスはまっすぐにフェリシアを見つめ、言葉にする。

「俺の不注意でレティーシャさんを酔わせてしまいました。今は部屋で休んでもらっています。酔いが抜ける頃にラファイエット邸へ必ずお連れしますので、心配しないでください。エレアノーラさんにもこちらからご連絡いたします」

レティーシャは随分酔っているようだった。落ち着くのを待っていたら朝になってしまうかもしれない。外泊の許可と送り届ける約束をしておいたほうが無難だろう。未婚の女性を勝手な理由で泊めるのは、あまり褒められることではない。

するとフェリシアはニヤリと笑った。

「あら、あの子がお酒を？　そこまでしてでもセオフィラスさまを繋ぎ留めておきたかったのね。

意外と大胆なことができるじゃない」

「本人は事故だと言っていましたし、俺もそう思っています」

誘惑されたのではないかと考えたことはこの際、黙っておく。

セオフィラスの返事に対し、フェリシアは目を細める。

「本当に？　だったらあなた、レティと同じ口紅の女性と会っていたのね。口の端が赤いわ」

小声で告げられた台詞《せりふ》に、背筋が凍った。まさかと思い、口に手を当てる。手袋のままそっと拭《ぬぐ》えば、親指に微《かす》かに赤い色が付いた。

フェイクであってほしかったが、口紅が残っていたのは本当だ。

動揺を必死に隠そうとするセオフィラスに、目ざといフェリシアは言葉を続ける。

「恋人がいらっしゃったのね。存じませんで、大変失礼いたしましたわ。今日のようにレティをエスコートしては誤解されたことでしょう。これ以上ご迷惑をおかけするわけにもいきませんし、縁談を探す話はなかったことにしましょうか」

「あ、いえ。これは……そういうものではないのです」

どう言い逃《のが》れをしたものだろう。このままではレティーシャとの接点がなくなってしまう。縁が切れるのは避けたい。

「俺には恋人はいませんので、決して迷惑なんてことはありませんよ」

焦るあまり少々力強く言いすぎた感じは否めない。

フェリシアはわざとらしくほっとした様子をみせた。

「それは安心しました。ほら、あの子は鈍い子でしょう？　ただでさえ負担になることを頼んでいるのに、これ以上のご迷惑をおかけするようなことをしていたらと思い、寒気がしましたわ」

「あなたと比べたら鈍いかもしれませんが、心配されるほどではないですよ」

セオフィラスが思ったままを伝えたら、皮肉っぽく微笑まれた。

「社交辞令として受け取っておきますわ。そもそもレティは挨拶もたどたどしくしかできないし、人の顔をなかなか見ないから感じも悪いでしょう？　今日はなぜかちゃんと踊れていたように見えましたが、ダンスも見栄えが悪いですし。何年もレッスンを受けさせてあれでは、教え甲斐《がい》がありませんわ」

フェリシアはレティーシャがいないのをいいことに、彼女の悪いところばかりをあげつらねる。

「それは男性が苦手だからだと聞きました。仕方がないことだと思います」

本人のいないところで否定されてはかわいそうだ。出会ってから間もないが、セオフィラスにはフェリシアが言うほどレティーシャが出来損ないであるようには感じられなかった。

レティは姉たちから否定され続けてきたのだろうか？

「でも、私たちにも自分の意見を言おうとしないんですのよ。男性が苦手なだけでは説明できないと思いませんか？」

フェリシアの言葉を聞いて、セオフィラスは思った。

レティが自分の意見を言えないのは、彼女たちが言わせないようにしてきたからでは？

だとしたら、このまま家に帰すのは違うような気がする。レティーシャにもっと自由に意見してもいいのだと教えてやりたい。

それがたとえ、強引な手段であったとしても。

この思いつきを、セオフィラスは実行したいと強く願ってしまった。

「そうおっしゃるのでしたら、鍛えて差しあげましょうか。レティーシャさんにレディのたしなみを身につけさせるために」

フェリシアが目を丸くしている。自分でも何を言っているんだと思えてきたが、今はどうしてもレティーシャを彼女たちのそばから引き離したいと考えていた。

セオフィラスは続ける。

「現在のレイクハート家には住み込みの行儀見習いはいないのですが、今までいなかったわけではありません。公爵家でレディとしてのたしなみを学んだとあれば、いい縁談が来やすくなると思うのですが、いかがでしょう？」

そう提案して様子を窺《うかが》う。

思いつきでしかないので、説明は苦しい。だが、公爵家で行儀見習いをすることは、ほぼ王家で作法を学ぶことに等しいのは本当だ。どこに出しても自慢できるポイントになり得るだろう。

ただ、未婚の女性を留め置く以上、あらぬ噂は避けられないだろうがな……

少し間をあけて、フェリシアがほくそ笑んだ。

「なかなか興味深いことをおっしゃいますのね。それは願ったり叶ったりというものです。しっかり鍛えてやってください。それこそ、公爵家に嫁《とつ》いでも恥ずかしくないくらいに」

すんなりと許可をもらえるとは思わなかった。

さらにフェリシアは続ける。

「エレアノーラお姉さまにも説明しておきますわ。きっと許可を出すはずです。期間はどのくらいを想定していまして？　物覚えが悪い子ですから、かなりの時間がかかってしまうと思いますけど」

「そうですね……まずは一月《ひとつき》としましょうか。俺も消化しなくてはならない休暇が溜まっているようなので、その間に彼女を鍛えてみましょう。どこに出しても恥ずかしくないレディにしてお返しできるように」

レティーシャを守るため、彼女の成長を促《うなが》すため——そう言葉にすると聞こえはいいが、発端《ほったん》は下心である。だが、言ってしまった以上、取り消すわけにはいかないし、もちろん本気で臨むつもりだ。

セオフィラスの宣言に、フェリシアが愉快そうに微笑んだ。

「うふふ。荷物は私がエレアノーラお姉さまに言って手配しますから、ご心配なく。よろしくお願い申し上げますわ」

言って、フェリシアは上機嫌な様子で立ち去る。

その笑顔にセオフィラスはフェリシアにはめられたことに気がついた。どうしてレティーシャのことになると自分の欲望を抑えられないのだろうと、自分の失言に頭を抱えざるを得ないのだった。

第四章　交わされる契約

肌触りのいいシーツと暖かな毛布に包まれていると心地がいい。ひどく頭が痛むが、そんなことが気にならなくなるくらいに寝心地がよかった。

レティーシャは寝返りを打って、はたと気づく。

ここ、どこ？

自宅以外であることは明白だ。こんなに質のいい生地の上で寝られるわけがないのだから。

慌てて上体を起こすと、頭が割れてしまいそうな痛みに襲われる。

「ううーん……」

情けない声が出た。それに吐き気が少しある。自分の身に何が起きたのか、片手を額《ひたい》に当てて記憶を遡《さかのぼ》った。

えっと、えっと……寝る前は……

毛布から垣間見えるアイスブルーのドレスを見て、レティーシャはようやく状況を把握した。

ここはレイクハート邸だわ。眠っている間に移動させられていなければ、だけど。

窓の外はすっかり明るい。酒に酔って潰れたまま一晩を明かしてしまったのだ。

私ったらとんでもないことを……

外泊もだが、それ以上にセオフィラスとキスをしてしまったことを思い出してさっと血の気が引く。

ど、どうしましょう……

いろいろな意味で頭が痛い。

次の行動を考えていると、ドアをノックする音が聞こえた。

「レティーシャさま。お目覚めになられましたか？」

少女の声がする。

「は、はい！」

返事をすると、部屋の中に同じ年頃の少女が入ってきた。茶色の髪を後頭部でシニョンにしている。愛らしい顔立ちで、親しみを感じさせた。地味な色合いのお仕着せをまとっているが、品よくまとめている。レイクハート家の使用人なのだろう。

「初めまして、レティーシャさま。今日からあなたさまの身の回りのお世話を担当いたしますコレットと申します。以後、お見知りおきを」

「よ、よろしくお願いいたします」

丁寧に挨拶をされて、レティーシャはつられるように返したが、何かがおかしい。

今日からって言った？

泊まってしまった都合で今世話をしてもらう状況になっているのは、理解できる。

寝ていたせいでドレスがシワになり、もう着ていられない。着替えには誰かに手伝ってもらわねばならなかった。

しかし、それを今日からと表現するのが引っかかった。まるで数日ここでお世話になるかのような言い回しだ。

「あの、今日から、とはどういうことでしょうか？」

恐る恐る尋ねると、コレットはにこやかな顔をして、レティーシャがレイクハート邸に滞在することになったのだ、と説明してくれたのだ。

それを聞いて、レティーシャは驚愕《きょうがく》した。

セオフィラスさまは泊まっていくようにとおっしゃっていたけれど、そんなに長くだなんて聞いてないっ！

ラファイエット家にはすでに連絡がされているようで、レティーシャがのんきに昼近くまで眠っていた間に、必要な衣類などの荷物が実家から送られてきている。

寝ている間にとんでもないことになってしまい、頭が痛い。

急いでセオフィラスから事情を訊《き》こうと思ったのだが、あいにく彼は屯所《とんしょ》に出ているという。昼食を終える頃には戻ってくるだろうとのことだったので、レティーシャは仕方なく昼食をいただいて待つことにする。

午後、改めて帰ってきたセオフィラスに会うため、彼の部屋を訪ねた。

「失礼いたします。セオフィラスさま、お尋ねしたいことがあるのですがよろしいでしょうか？」

午後の陽射しが差し込むセオフィラスの部屋はとても片づいていた。印象的なのは、陽射しを避けるように設置された本棚で、書物がぎっしりと並ぶ様《さま》は彼の勉強家らしい一面を窺《うかが》わせる。

探すと、ドアから入って右手側にある執務机の奥にセオフィラスがいた。書類にサインをしているところだったらしい。

「今日は緊張していないようですね。ご気分はいかがですか？」

「頭痛がしますけれど――」

彼の格好は、昨夜会ったときの騎士姿ではなかった。ドレスシャツにベスト、トラウザーズを合わせたくつろいだ姿だ。自分の住まいだから気の休まる格好で過ごすのだろう。

何を着ていても様《さま》になるなあと見惚れそうになり、レティーシャは慌てて意識を切り替える。

「……あの、話を逸らさないでいただけますか？」

「怖い顔をしないでください。そんなにお気に召しませんでしたか？」

座り心地のよさそうな豪奢《ごうしゃ》な椅子から立ち上がると、セオフィラスはレティーシャの前に立つ。自然な仕草でレティーシャの頬に触れた。

ひゃっ……

今の彼は手袋をしていない。ほんのりと温かな手のひらの感触に、レティーシャは身体を強張《こわば》らせた。

「と、当然でしょう？　私、承知していませんもの。客人だなんて……」

触れられていると緊張で鼓動が速くなる。美しいアメジストの瞳で見つめられると恥ずかしくなり、レティーシャはさり気なく視線を外した。

「昨夜はあなたが酔っていらっしゃったのでゆっくりお話ができませんでしたね。改めて今お話ししましょうか」

セオフィラスに案内されて、レティーシャは窓際にあるテーブルの前に腰を下ろした。

「――先日いただいた香水を試してみたのですが、残念ながら思ったほどの効果が得られませんでした。貴重なものをわざわざ分けてくださったのに、申し訳ない」

互いに向かい合って座るなり、セオフィラスはその後の状況を語り始めた。

思ったほどの効果はなかった？

この部屋に入ったときに問い質《ただ》してやろうと思っていた内容からは離れていたが、レティーシャはずっと気にかかっていた話題であるだけにすぐに食いついた。二人だけの秘密なので、人目のつかないところでしか話を訊《き》き出せない。

他に何か条件でもあるのではないかと考えつつ、レティーシャは返す。

「そんな……でも、あのとき身につけていたものはあの香水だけですよ？　あ、もしかしたら、庭に咲いていた薔薇《ばら》の香りも影響していたのかもしれませんわね」

レティーシャの考えに対し、セオフィラスは真面目な顔をする。

「俺もその可能性は考えて、警備の契約をしている日にこっそりと試してみたのです」

「それでも効き目はなかった、と？」

「はい」

セオフィラスの返事を聞いてレティーシャはがっかりした。少しでも彼の役に立てるのではないかと期待していたからだ。

秘密を明かしてもらった以上、なんらかの形で協力できればいいと思っていたのに。

「レティ、そんなに落胆しないでください」

慰《なぐさ》めるようにセオフィラスが優しい声色で告げる。

「それに、手掛かりがないわけではないのです」

「どういう意味ですか？」

彼の顔を見てレティーシャは首を傾《かし》げる。

光を失っていない瞳を見るに、彼が慰《なぐさ》めのための嘘をついているとは考えにくい。

黙って返事を待つと、セオフィラスはにっこりと微笑んだ。

「昨晩はとてもよく眠れたのです。あなたが屯所《とんしょ》に来てくださったあの夜もぐっすりと眠れました。つまりあなたと過ごした日の晩は眠れるのではないかと……俺はそう仮説を立てたのです」

「……はい？」

強引なこじつけではないかとレティーシャは思った。

しかし、彼が自分にこだわらねばならない理由が他にあるとは考えられない。ラファイエット家は裕福ではあるが、公爵家の人間から見ればそれほど魅力はないだろう。幼い外見の凡庸《ぼんよう》な自分に興味を示すとも考えられない。

元々尋ねようとしていたレティーシャが客人として滞在することになった理由も、このことに関係しているのだろう。

自分が安眠するために未婚の女性を泊めるだなんて前代未聞だが、それしか理由が思いつかない。

思案しているとセオフィラスは続ける。

「確認するのは簡単だと思うのです。あなたをベッドにお連れして添い寝していただき、眠れれば証明できますから」

は？

レティーシャは目を瞬《またた》かせる。

聞き間違いかと思ったが、そうではなかったらしい。

セオフィラスの大胆な発言に、レティーシャの顔にみるみるうちに血が上った。

彼女が男性恐怖症だと知る彼が無闇《むやみ》に触れてくるようなことはないと信じたいが、身体の反応はどうにもならない。そもそも、未婚の女性が男性とベッドを共にするというのはいかがなものか。

ああ、でも、屋敷に泊めるってことはそういうことなのかしら……そうでなかったら、通いで充分ですものね。でも……

「そ、それは……」

つい狼狽《うろた》えた声を出すと、セオフィラスは困ったように微笑んだ。

「承知していますよ、レティ。俺個人が苦手なのではなく、男性が苦手なのですよね？」

男性が苦手、という部分を強調して彼は問いかけてくる。

「えぇ……そうですけど……」

セオフィラス自身が苦手ではないのは事実であるが、だとしたらなんだというのだろう。レテイーシャはセオフィラスを見つめながら言葉の続きを待つ。

するとＡ、彼はにっこりと微笑んで告げた。

「でしたら、俺で慣れてください」

「……へ？」

伯爵令嬢らしからぬ素《す》っ頓狂《とんきょう》な声が出てしまった。慌ててレティーシャは口もとに手を当てて取り繕《つくろ》う。

「な、慣れろって、何をおっしゃっているのか……」

「男性と話をしたり、触れられたりすることに耐性をつけるということです。例えば、こんなふうに――」

言って、彼は手を伸ばし、レティーシャの細い顎《あご》を持ち上げ、顔を僅《わず》かに寄せた。

え、待って、何っ！

予期せぬ動作に身体が反応できない。顔がゆっくりと近づいてくる。

わわっ！　近いっ！

彼の端整な顔が迫ってくるのをじっとは見ていられず、思わずぎゅっと目をつぶったところで、唇をツンツンとつつかれた。

「ん？」

目をゆっくりと開ける。肘《ひじ》から手のひらまでの距離に彼のにこやかな顔があった。近いことには違いないが、もう迫ってはこないようだ。

「ほら。触れてしまうと、あなたは動けなくなってしまうでしょう？　俺としてはこのままでもかまわないのですが、きっとあなたはお困りになるはず。好きでもない相手に口づけをされたくはありませんよね？」

つんっと唇を指先でつつくと、セオフィラスは手をどかしてレティーシャを解放した。目を閉じていたときと同じ感触だったので、さっきも指先でつつかれたのだろう。

びっくりしました。あれはキスされるときの動作ですのね。

胸がドキドキしている。一方で勉強になったと素直に感心していると、気持ちが顔に出てしまっていたらしい。セオフィラスが楽しげにクスクスと笑っていた。

「口づけをしたほうがよかったですか？」

「い、いえっ。実践は遠慮願いたいですっ。申し訳ないですし……」

首を振って一歩下がる。この距離は毒だ。

「申し訳ない？　俺はむしろあなたとならしたいですよ」

かぁっと体温が上がるのがわかった。真顔でそんな台詞《せりふ》をさらりと言える男というものが信じられない。

「ご、ごご、ご冗談を。からかわないでくださいませ」

直視できない。言葉を返すのがやっとだ。さらに一歩下がる。

なぜかしら。すごくドキドキする……

「言葉攻めにはいくらか耐性があるようですね。――でも、触れられるのが極端に苦手となると、道のりは長そうだ」

レティーシャはなんとか冷静になり、どうしてこんな状況になってしまったのかと思い返す。本題に戻ろうと言葉を選んだ。

「あの……お話が見えないのですが？」

すっかりセオフィラスに翻弄《ほんろう》されてしまい、話の筋が見えなくなっている。彼は何をしようというのだろう。

促《うなが》すと、彼は小さく咳払いをしてこう答えた。

「レティ。俺から一つ提案があります。俺の休暇中だけでかまいません。この屋敷に俺の客人として留《とど》まっていただけないでしょうか？　その間はできるだけ共に行動してほしいのです。もちろん、滞在中はあなたを客人として精一杯もてなすことを約束いたします」

行動を、共に？

一緒にすごしてほしいとの申し入れに、レティーシャの心は一瞬華やぐ。

しかし、同時に迷いも生じた。

男性が苦手なことで、彼を不愉快にさせてしまうかもしれない。今はある程度の理解を示してくれているが、すべてを許してくれるとは考えにくい。彼だって人間だ。おおらかな人柄らしいが、どうしても嫌なことの一つや二つは持ち合わせているだろう。

レティーシャが不安に感じていると、セオフィラスは言葉を続ける。

「俺の不眠症を治すのに協力していただく代わりというつもりではありませんが、あなたの男性に対する抵抗感を減らすための手助けを惜しむつもりはありません。俺を男性の代表だと思って慣れてください。このレイクハート邸から出るまでに、あなたをどこに出しても恥じない立派なレディにして差しあげます。いかがでしょう？」

レティーシャはぽかんとした。

だが次第に、そこまでしても安眠を手に入れようとするセオフィラスがどこか滑稽《こっけい》に感じられて、親しみを覚えてくる。純粋に彼のことをほうってはおけないと思えた。

なかなか返事をしないレティーシャに、セオフィラスは不安げな表情を作る。

「何か他に要望があるのでしたら、おっしゃってください」

急に言われても、何も浮かばない。結局のところ彼の必死さに押し切られたみたいになってしまった。レティーシャは小さく笑う。

「わかりました。お引き受けしますわ。セオフィラスさまのお役に少しでも立てるのでしたら」

「ありがとう、レティ」

彼は本当に嬉しそうに笑う。契約の間だけでもこの笑顔を間近で見られるなら悪くないとレティーシャは感じた。

このまま家に戻ったとしても、お姉さまたちから結婚の催促をされるだけですもの。

打算的ではあったが、レイクハート邸で過ごす利点があることにレティーシャは気づいていた。

一つ目は、ここでは姉たちに騒がれることなく静かに過ごせること。少しの間でいいので、うんざりする結婚話から距離をおきたかった。

二つ目としては、いつかはするのだろう結婚を考えれば、いつまでも男性から逃げ回っているわけにはいかないことだ。彼が慣れるべきだと言うのにも納得できた。パーティーで身動きが取れなくなってしまう今のままでは、将来的に困るのは確かだ。

案外悪くない判断だったと、レティーシャは彼の提案を呑むことをそう評価した——あくまでも、そのときは。


セオフィラスの本格的な休暇は明日からだそうだ。今日は仕事の引き継ぎなどがあり、彼は屋敷内でできる作業に追われている。さっき部屋で書き込んでいたのも、仕事関連の書類だったみたいだ。行動を共にしたいと頼まれたはずだが、そんな都合もあって初日の今日は別行動になった。

事情があってレイクハート家が預かることになった——そう屋敷の人たちには話したらしいが……

セオフィラスの部屋を出て、レティーシャは自分に与えられた個室に向かう。その途中で、使用人たちとすれ違ったが、パーティーで感じたようなあからさまで不躾《ぶしつけ》な視線は感じない。さすがは公爵家の使用人、無用な詮索は禁止といった雰囲気だ。

パーティー会場よりは人目を気にしなくていいけれど、ふだん通りに生活しろと言われても無理ですよね……

部屋に戻ると、コレットが待機していた。

「レティーシャさま、おかえりなさいませ。お茶の時間になりますが、どちらでお召し上がりにな

ります か?」

さっき昼食をとったばかりだと思ったが、時計を見れば確かにお茶の時間である。

うーん。どちらでって言われても、まだこの屋敷のことは知らないし、勝手にうろうろしてもいいものなのかしら?

できるならセオフィラスに案内してもらいたかった。しかし、明日からは嫌でも一緒に過ごすことになると宣言されている。一人でというのは、これはこれで貴重な時間なのだろう。

セオフィラスからは、基本的に頼みごとはコレットにすればよいと言われている。彼女にお任せにしてみよう。

「そうですね……。せっかくお天気もいいことですし、外を眺められる場所で一息つきたいわ。どこかお薦めはありますか?」

レティーシャが尋ねると、コレットはにこやかに微笑んだ。

「承知いたしました。テラスにお持ちいたしましょう。支度をしてまいりますので、こちらで衣装をお選びになりながらどうぞお待ちください」

彼女が手で示したクローゼットには様々なシチュエーションに合わせたドレスが並んでいた。目が覚めたときもここからドレスを選んで着替えたのだが、そのときよりも増えている気がする。

また着替えるの?

「失礼いたします」

このままでかまわないと思ったのだが、それを伝える前にコレットは一礼して部屋を出ていってしまった。

テラスだったら外なので、散歩用のドレスに着替えるべきだろうか？

シチュエーションに合わせて服を替えるのは上流階級ではマナーになるが、基本的に外を出歩かないレティーシャには馴染みがない習慣である。フェリシアにお茶で呼び出されたときには着替えるものの、ラファイエット家ですごしている間は寝間着か部屋着だ。だからお茶だからといって着替えることに、少し抵抗があった。

ここはならっておくべきかしら……。レディとしてのたしなみを身につけなきゃいけないのだし。

今着ているドレスは実家から持ってきてもらったものだ。

いきなり高級な生地で作られた豪奢《ごうしゃ》なドレスを差し出されても「はい、それで」と言えるような神経をレティーシャは持ち合わせていない。荷物が届いていると聞かされたので、そちらから出してもらうよう頼んだのだ。

うちから持ってきたものはどこにあるのかしら。

クローゼットに並ぶドレスには見覚えのあるものも交ざっている。実家から持ってきたものだとわかると、どこかほっとした。

でも、エレアノーラお姉さま。ふだん着ているものがないんですけど。

公爵家で世話になるにあたり、エレアノーラは家にあった中で質のよいものを選《よ》りすぐって送ってくれたらしい。

ドレスコードを意識したというより、見栄を張ったのですよね、これ……

エレアノーラもフェリシアも、どうにかしてレティーシャがセオフィラスの目に留まるように、気に入ってもらえるように、と必死な様子が透けて見える。

「それは無理だと思いますが迷惑になることだけはしませんから、安心してくださいお姉さま。

やれやれと思いながら、レティーシャはドレスを物色する。その中で、セオフィラスが用意してくれたらしい深緑のドレスが目を引いた。散歩用のもののようだ。

まあ素敵。家にあるのは華やかな色のものばかりなんだもの。

姉二人が華やかな色合いを好んでいる都合で、レティーシャもそういう色を選びがちだった。だから珍しい色彩に興味が湧く。

でも、サイズはどうなんだろう。

極端に太っているわけでもやせ細っているわけでもないが、すぐに着られるものかどうかはわからない。

ドレスを手に取ったところで、コレットが部屋に戻ってきた。

「レティーシャさま。まあ、そちらのドレスもとてもお似合いになると思いますよ」

「あ、で、でも……」

素敵だとは思ったが、似合うと思っていたわけではなかったのでレティーシャは戸惑《とまど》う。オロオロしているうちに、コレットがレティーシャの手からドレスを受け取った。

「セオフィラスさまが手配したものでございます。サイズは調整させていただいてますから、すぐにお召しになれますよ」

「……え？」

首を傾《かし》げると、コレットは深緑のドレスをレティーシャに当てる。

「先日ドレスを新調なさったそうではありませんか。そのときの情報をいただいているのです。お針子たちが徹夜でお直ししましたので、ぜひ着てください」

セオフィラスさま、何考えていらっしゃるんですか。

新調したドレスというのは昨夜着ていたアイスブルーのドレスのことだろう。その情報が反映されているのだとしたら、確実に最新の情報である。身体に合わないわけがない。

けれど、そこまでするなんて信じられなかった。

「もし調整が必要であれば、お針子をお呼びします。喜んでいただけると思いますよ」

「喜ぶ？　どなたが？」

「もちろん、セオフィラスさまです」

はっきりと言われるが、レティーシャはそう思えなかった。これはきっと社交辞令だ。

表情が曇ったからだろう。コレットがレティーシャの顔を覗《のぞ》き込んでにっこりと微笑んだ。

「着て見せて差しあげれば、すぐにわかりますよ」

「そう……？」

気のない返事ではあったが、コレットは了承と受け取ったらしい。手を引かれて鏡の前に立たされ、着替えが始まる。

本当に、喜んでくれるのかしら？

今日は夕食の時間まで顔を合わせない予定になっていたはずだ。夕食時にはイブニングドレスに着替えるので、このドレスをお披露目する時間はないだろう。そうなると、確認のしようがない。

レティーシャは心細くなった。知らない場所にいることが不安なのだ。しかも知らないだけでなく、格上の屋敷である。粗相《そそう》をすれば、ラファイエット家に泥を塗ることになりかねない。

「――はい。終わりましたよ。調整の必要はなさそうですね」

あれこれと心配している間に、レティーシャは髪まで綺麗に整えられていた。

下ろしていたはずの赤毛の髪がシニョンになっている。編み込まれた部分がアクセントとなり、薔薇《ばら》の花が咲いているみたいに華やかだ。ドレスがシンプルである分、バランスがいい。

「ありがとう」

「いえいえ。――では、ご案内します」

コレットに導かれて屋敷を移動する。

本当に立派なお屋敷ですこと。うちとは雰囲気が違いすぎるわ……

廊下に置かれている調度品や工芸品も格調高く、レティーシャは自分の存在がこの家と不釣り合いな気がしてならない。

セオフィラスの不眠症を解決して、できるだけ早くお暇《いとま》させてもらわなければ。致命的な過《あやま》ちを起こす前に帰れるよう、努力をしたほうがよさそうだ。

その場の雰囲気と打算で了承したことを後悔しつつ歩いていくと、テラスにたどり着いた。

「レティーシャさま、こちらにどうぞ」

コレットに案内されて、庭に出た途端思わず感嘆の声が漏れた。

オズワルト邸の庭も素晴らしいが、レイクハート邸の庭はまた違った魅力があふれている。

爽《さわ》やかな香りがしますわ……

その香りが、先日騎士団の屯所《とんしょ》で飲ませてもらったハーブティーのものと同じであることにレティーシャは気づいた。庭でハーブを育てていると聞いたが、その香りらしい。

「お気に召していただけましたか？」

「ええ」

椅子を引いてもらい、腰を下ろす。

視界には様々な緑が折り重なっている。丘の上にある屋敷なのもあり、想像よりも遠くまで見通せた。

どこまでがこの家の敷地なのだろうか？

広すぎると感じる程度には建造物が見当たらなくて、ため息が出る。

「あの……コレットさん？」

「コレットでいいですよ。なんでしょうか？」

紅茶を注いだティーカップがレティーシャの前に置かれた。

「セオフィラスさまのことをもっと知りたいのですが、教えてもらえる？」

そう訊《き》くと、コレットはにっこりと微笑んだ。

「承知いたしました。私が知っている範囲であれば」

こうして、レティーシャはコレットからセオフィラスの話を聞かせてもらうことになった。

コレットの話は、フェリシアから聞いていた話といくらか重複していた。

彼が騎士団を設立するほど正義感が強く、とても真面目な人物であることは間違いないようだ。ただ、仕事を優先しすぎるきらいがあり、それを少々異常じみていると心配している人も屋敷内にはいるらしい。

彼の私設騎士団は領地内で起きている問題を把握し、その改善に努めているという。さまざまな事件の解決といった治安面だけでなく、警備中に設備の老朽化に気づけば、それを報告して修繕することなども行っているということだ。そんな業務内容を決めたのも、セオフィラスだった。

聞いたのは仕事の話だけではない。幼い頃から次期当主となる優秀な兄レオナルドを支えるために日々努力を重ねてきたことや、自分の役割をはっきりと意識していることなどもコレットは教えてくれた。現在留学中の弟ランドルフは少々奔放《ほんぽう》で将来が心配されているため、余計にセオフィラスへの使用人たちの信頼が厚いこともレティーシャは知る。

そんな素晴らしい人に私を薦めようだなんて、お姉さまたちは無謀なことをよく考えるものね……

まだまだ仕事に熱中する年齢なのだろう。浮《うわ》ついた話もないようなので、結婚を急ぐつもりがないに違いない。

つくづく縁遠いと感じる。セオフィラスがレティーシャを屋敷に置いてくれるのは、本当に不眠症を治すためだけなのだと確信できた。

「――ですが、レティーシャさまを客人として迎えるようにとおっしゃってくださって、ほっとしたところも大きいのですよ」

突然自分の名を呼ばれて、レティーシャは飲みかけの紅茶を噴き出すところだった。なんとか寸前で耐えて飲み込む。

「は、はい？」

どうしてそこで自分の名前が出されたのかがわからなくて、コレットの顔を覗《のぞ》く。

「喪が明けてから時間も経っていることですし、そろそろどなたかと結婚を前提としたお付き合いを始めるべきだと、レオナルドさまも私たちも心配していたものですから」

「え、あの。私とセオフィラスさまは決してそんな関係ではないのだけど……」

決して、の部分をことさらに強調する。けれど、すぐに違和感に気づいた。

「……喪が明けてから？」

誰が亡くなったのだろう。セオフィラスの両親は健在だと聞いている。今の話からご兄弟も元気にしているみたいだし、家族で亡くなった人はいないように感じる。

問うと、コレットがしまったという表情を見せた。

「どなたか亡くなったのかしら？」

不躾《ぶしつけ》な質問だとは承知しつつも、そこにセオフィラスの不眠症の原因があるような気がして訊《き》かずにはいられなかった。レティーシャの姉たちが一時的な不眠症に陥《おちい》ったきっかけが母親の死であったことが脳裏をよぎる。

「……あ、いえ。言いにくいことでしたら、無理に訊《き》き出そうとは思っておりませんけれど……」

コレットがあまりにも気まずそうだったので、レティーシャは言葉を続けた。

コレットは苦笑する。

「――舞踏会の帰りにシルヴィア・オズワルトさまが暴漢に襲われた事件をご存知ありませんか？三年ほど前にこの領地内で起きて、未だに犯人が捕まっていないというものなのですが」

どうしてそんな事件の話題になるのだろうと思いながら、レティーシャは話を合わせる。

「ええ、聞いたことがあるわ。確か私が社交界デビューする直前に起きた事件だったわ。お姉さまがその事件を心配して、デビューが少し遅れたのだっけ」

シルヴィア・オズワルトの事件なら、フェリシアからそれなりに聞いている。彼女の義理の妹の話であるし、結婚式で一度だけ直接顔を合わせたことのある相手だ。とても愛らしく美しい少女だったという印象が残っている。

そして、シルヴィアと聞いて、レティーシャは昨夜パーティーで声をかけてきたセシルがその名を出していたのを思い出した。

そういえばあの方、私がシルヴィア嬢に似ているとおっしゃっていたけれど……

モヤッとしたものが胸の中に広がった。

「そうでしたか。それでレティーシャさまにセオフィラスさまは面識がなかったのですね。その事件以降はセオフィラスさまはパーティーへの出席を控えていらっしゃいましたから」

その言葉で、レティーシャは気づいた。

セオフィラスは騎士団を作って以降はパーティーにあまり出ていないのだと言った。つまり、セオフィラスが私設の騎士団を始めようとした契機が、その事件だったのではないか。

それだけの行動を起こすきっかけになったということは……

「あの……ひょっとしてシルヴィアさんって……」

レティーシャは思い切って問う。コレットが口を開くのがとてもゆっくりに見えた。

「シルヴィアさまはセオフィラスさまの恋人だったのです。けれど、あの事件のせいで自害してしまいましたが――」

恋人だった？　亡くなっている？

セオフィラスだって大人の男性だ。公爵家の一員であり人となりも立派である彼に、恋人がいたって不思議ではない。むしろ健全だと言えるだろう。

しかし、言葉の意味としてはわかっているのに、レティーシャには情報をうまく受け入れることができなかった。

コレットが当たり障《さわ》りのない範囲で知っていることを伝えてくれているようだが、レティーシャの耳には聞こえてこない。

茫然としたまま、お茶の時間を終えたのだった。


昨夜のパーティーのあと、不審者が公爵家の周辺をうろついていたらしい。

そんな情報が飛び込んできたからか、その日セオフィラスは夕食に同席しなかった。

「仕事熱心なのも玉に瑕《きず》だね。屋敷に招いた本人が君を放置するなんて。レティーシャさん、あとで僕からきっちり注意しておくから許してあげてくれるかい？」

「あ、い、いえ、お気になさらず」

気まずいわ、どうしましょう……

セオフィラスが夕食に顔を見せなかったため、レティーシャはレオナルドと二人きりで食事をすることになってしまった。まさかこうなるとは考えていなかったので心構えができておらず、出された前菜の味がわからない。

「せっかくおめかしして来てくれたのにもったいないなあ。そのドレスもアクセサリーもとても似合っているよ。セオが選んで揃えたものなんだ」

「あ、ありがとうございます……。コレットからも聞きました」

声が上擦《うわず》ってしまわないように意識するので精一杯だ。

夕食に備え、散歩用のドレスからイブニングドレスに着替えた。肌の露出がやや多い薔薇色《ばらいろ》のドレスだ。

ドレス自体の飾りつけはシンプルなので、それを補うようにネックレスやイヤリングを身につけている。どれもラファイエット家で目にしたものよりも数段値がはるかに違いない高級品ばかりだ。

自分が身につけてもいいのだろうかと不安に感じ、レティーシャは落ち着かない。

「セオは君を気に入っているみたいだね。できる限りのもてなしはするつもりだから、不便なことがあればなんでも言ってね」

レオナルドは気さくに話しかけてくれるが、レティーシャは彼の顔を見られない。柔和な印象で中性的な綺麗な顔立ちなので、他の男性と比べたら緊張はいくらか和らいでいるものの、それはそれだ。加えて、相手は格上。身体が強張《こわば》るのは仕方がないだろう。

「と、とんでもないです。とてもよくしていただいておりますので、不便だなんてそんな……」

すべてが申し分ないもてなしだ。たとえ文句があっても言える立場ではない。

「そう？　だったら、もっと笑顔でいてもらいたいものだが」

指摘されて、レティーシャはゆっくりと顔を上げた。

そうよね。緊張していても、少しは楽しそうに振る舞わないと。招いてくださったセオフィラスさまに悪いわ。

それにしても、今夜はもうセオフィラスさまには会えないのかしら……

表情が曇ってしまうのは、緊張からだけではないのかもしれない。

できる限りの笑顔を作って、レティーシャは晩餐《ばんさん》を乗り切ったのだった。

第五章　彼の講義はとろけるように

夜。イブニングシュミーズに着替えて眠る準備をしていたレティーシャは、扉がノックされる音に気づいた。様子を窺《うかが》うようでありながら、しかしはっきりとした意志を感じるほど強く叩かれる。

こんな時間にどなたかしら？

着替えを終えたときにコレットには退室してもらっている。彼女が戻ってきたにしては、様子が違う気がした。

「はい」

小走りで向かい、レティーシャは扉をゆっくりと開ける。

室内が暗かったため逆光でよく見えなかったが、レティーシャより背が高いこととチラリと見えた服装から男性であることがすぐにわかった。

驚いて一歩下がると、男が扉にそっと手をかける。

「眠れないので、一目お会いしたいと思いまして。お邪魔でしたでしょうか？」

優しげな声に、レティーシャの警戒心が緩む。

訪ねてきたのはセオフィラスだった。薄手の柔らかそうな生地で作られた寝間着を羽織《はお》っているのを見ると、寝室からこっそりこの部屋にやって来たらしい。

「いえ……もう眠るつもりでおりましたが」

一日会うだけなのだから、もう用事は済んだだろうか。そんなことを思いながら、レティーシャは扉の陰に身体を隠した。

イブニングシュミーズは生地が薄く、ドレスと比べて肌の露出が多い。ゆったりしている分だけ、うっかりすると胸もとが見えてしまう。未婚の女性が、恋人でもない男性の前でさらす姿ではない。

「少しお話しできませんか？」

邪魔されたわけではないと答えたからか、セオフィラスが穏やかな声色で提案してくる。

お話はしたいですけれど……

昼に別れて以降、彼と会って話をしたいとずっと考えていた。でも、自分の姿がどうしても気になる。

少しためらったのち、レティーシャは扉を大きく開けた。レティーシャの格好を見れば、状況を察して部屋に戻るかもしれない。

「……こんなはしたない格好でよろしければ」

すると、セオフィラスはにこやかに微笑んだ。

「お互いさまでしょう？」

お互いさま——彼にそう言われてしまうと、もう引き下がれなかった。

「……どうぞ」

中に入りたそうな雰囲気を醸《かも》し出していたので、レティーシャは部屋の中に案内する。

まさかこんな夜更けに誰かが訪ねてくるとは思っておらず、すでにベッドのそばのランプしかつけていない状態だった。

どこに案内したものかとレティーシャが悩んでいるうちに、セオフィラスは迷わずベッドに腰を下ろす。そして彼はレティーシャを招き、隣に座るように促《うなが》した。

それを見て、レティーシャは躊躇《ちゅうちょ》した。昨夜のことが蘇《よみがえ》る。

昨日は私が酔っていたから……なのよね？

何事もないはずだと思っているのに、身体が動かない。

あれは事故だった。完全に和解できたわけではないような気がするものの、互いの非は詫《わ》びている。繰り返されることはない。

レティーシャがなかなかセオフィラスの指示に従《したが》えなかったからか、困ったような表情を向けられてしまった。さらに言葉が続く。

「こちらへどうぞ、レティ。今は何もしませんよ」

今はと強調されて、レティーシャは彼に自分の望みを見透かされたと感じた。恥ずかしさで身体に熱が宿る。

「その顔は緊張しているのではなく、警戒していらっしゃるのですよね？　それは悪くない反応だと思いますし、当然だとも思いますよ」

ランプの明かりが、彼の優しげな横顔を照らしている。

「ですが、そんなに離れた場所に立たれたままだと寂しいです」

セオフィラスは騎士の姿をしているときの凛々《りり》しい雰囲気とも、昼間に話したときのくつろいだ姿ともどこか違った。

惹《ひ》きつけられ、ドキドキとしてしまう。

「わ、わかりました」

レティーシャはゆっくり頷《うなず》いて、ベッドに腰を下ろした。セオフィラスとは一人分の席を残す程度の距離を取る。

近すぎると身体が反応してしまいそうだが、遠すぎても会話がしにくそうで、妥協してその位置にしたのだ。

セオフィラスはレティーシャが近くに来てくれたことが嬉しかったらしく、安心したように微笑むと口を開いた。

「今日は大変申し訳ありませんでした。晩餐《ばんさん》を急に欠席してしまいまして。兄に怒られましたよ。お前は客人のもてなし方を知らないのか、って。全くその通りですよね」

そう言って、自嘲《じちょう》する。

「あ、いえ。お仕事なんですし、当然だと思います」

レティーシャは慌てて首を振った。

セオフィラスが仕事を何より優先しているらしいことは、コレットや他の人たちから聞いている。

突然レオナルドと二人きりにされて気まずかったのは確かだが、それを責めようとは思わない。

「イブニングドレス、とても似合っていたそうですね。目にできなくて残念です。午後のお茶のときは、遠くても部屋から見ることができたのですが」

「え？」

見ていらしたってこと？

意外な言葉に、レティーシャは目を丸くする。

「おや。気づかなかったのですか？　あのテラスは俺の部屋から見えるのですよ」

意外そうな顔をしてセオフィラスが説明してくれるが、レティーシャはなんとなくすっきりしない。黙って見つめると彼は続ける。

「深緑のドレスでしょう？　あなたの赤い髪をより美しく見せる色だと思って用意させたのですが、やはり素敵でした。次のお茶の機会にも、ぜひ着て見せてくださいね」

そう言いながら彼の手が髪に伸びてきたので、レティーシャは反射的に避けた。すると寂しそうに彼は手を戻す。

……またキスされそうになるのは困りますものね。

不用意に男性に触れさせるべきではないことはもう学んだ。

彼を男性の代表と考えて慣れる訓練をする必要はあるが、何もこんな格好のときにしなくてもいいだろう。

危なかったとドキドキしていると、セオフィラスが話題を変える。

「この屋敷での生活に不便はありませんか？」

「えっと……」

問われて、レティーシャは今日起きたことをぽつりぽつりと語り出す。この屋敷でどのように過ごしたのかの報告だ。

レオナルドには言えなかったことが、セオフィラスにならすらすらと言える。それが少々不思議だった。

コレットに用意してもらったお茶の話をしているときに、シルヴィアのことを思い出したが、セオフィラスのことを根掘り葉掘り訊《き》いて回っていると思われるのが嫌で黙っておく。

一通り伝え終えたところで、レティーシャは自分の希望を言ってみた。

「それで、あの……親切にしていただけるのは嬉しいのですが、私は贅沢なことにそれほど興味がありません。ほどほどにしていただけるとありがたいのですが」

あまり深刻な雰囲気にならないように、失礼にならない言葉と声色を選んで告げる。

「なるほど。承知いたしました。検討しましょう」

セオフィラスは嫌な顔などせず、にこやかに頷《うなず》いた。

そんな様子を見て、レティーシャはほっとする。彼に気を遣わせてばかりいるのは本意ではない。できるだけ気楽に接してほしいと感じていた。

これで明日からはもう少し気持ちを楽に過ごせると安堵《あんど》していると、セオフィラスが口を開いた。

「では、レティ。俺の希望も聞いていただけますか？」

「は、はい」

どんな要望があるのだろうかと思いながら、首を傾《かし》げた。よほどのことでなければ、彼の望みを叶える心積もりでいる。

今日だけでも随分お世話になってしまいましたし。

どんなことを言い出すのかと待っていると、セオフィラスがおもむろに腕を広げた。着ていたシャツの胸もとが少しはだけている。

「もっと近くにおいで、レティ」

その仕草に、レティーシャの心臓はトクンと強く脈打つ。その理由がよくわからない。

「確認したいことがあるのです。ね、もっとこっちに来てください」

どんな願いでも断らないつもりではいたが、これはあまりよくないことではないかと本能的に感じた。だが、一度了承したことを取り消すわけにはいかない。警戒は解かないようにして、レティーシャは恐る恐る彼との距離を縮めていく。

最初の距離から半分ほどまで近づいた途端、セオフィラスが機敏な反応を見せる。

えっ？

何が起きたのか、レティーシャにはさっぱりわからなかった。

「捕まえましたよ、レティ」

ベッドに仰向けに倒されて、その上をセオフィラスが陣取っていた。

「あ、あの、これは――」

逃げようにも、すでに逃げられない状況だ。片手は彼に押さえられて自由を失い、彼の片膝《かたひざ》がレティーシャの両足の間に差し込まれている。横に転がって逃げることもかなわなかった。

「あなたには男性に慣れていただく約束でしたからね」

セオフィラスの美しい瞳に見つめられていると、自然と体温が上がる。緊張で身体が動かないという状態ではないことが、せめてもの救いに思えた。これならまだ喋《しゃべ》ることができる。交渉が可能だ。

「おっしゃっている意味がわかりません。それに、確認したいことがあるのでは……」

「えぇ。そのどちらも、今からしますよ」

彼はレティーシャの赤い髪を払って首筋を露出させると、その部分に顔を近づけてくる。

「え、あのっ……んっ」

首筋にチクッとした痛みが走った。続いて、温かで柔らかなものが首をなぞる。今までに感じたことのない奇妙な感覚に驚いて、背中が反った。

「ひゃっ……あっ……あんっ」

触れているのがセオフィラスの舌であると理解した途端、レティーシャはそれ以上のことを考えられなくなった。初めて得た感触に思考が追いつかず、自分の声とは思えない甘い声が耳に入って混乱を助長する。

「やっ……やめて……セオフィラスさまぁ……」

「――よい反応です。ですが、セオと呼んでいただくお約束でしたよ、可愛いレティ」

耳のそばまで舐《な》め上げたあとに囁《ささや》くと、セオフィラスは羞恥《しゅうち》で火照《ほて》ったレティーシャの耳朶《じだ》を優しく噛《か》んだ。

「あぁっ……」

慣れない感触に、レティーシャは身体をくねらせる。自分なりにどうにかこの刺激から逃《のが》れようとしたのだ。そのせいで着衣が乱れていくのもかまっていられなかった。早く逃げないと、醜態《しゅうたい》をさらしてしまいそうで怖い。

「レティ」

耳もとで名前を呼ばれるだけで、身体が甘くうずく。どうしたらこの状態から解放されるのかわからない。

「あなたにもっと触れていたい。ですが、ここが今の限界のようですね」

セオフィラスはレティーシャの隣に身体を横たえると、息が上がっている彼女を引き寄せて腕の中に閉じ込めた。

「あなたと一緒にいるだけでは眠くならないようです。あなたの姿を見て、体温を感じて、匂いを感じて——それらが俺を眠りに導く……異性に触れられたくないあなたには酷《こく》なことだとは思いますが……許して、レティ」

「セオさま……？」

心をどうにか落ち着かせたところでレティーシャは上目遣いにセオフィラスを見る。彼は穏やかな表情で目蓋《まぶた》を閉じていた。呼吸の様子からしても、寝ているようにしか思えない。

今のは、眠るために必要な儀式ということだろうか？

説明を求めたかったが、彼は気持ちよさそうに眠っている。

少なくとも彼の役には立てたらしい。

それはそれだとしても、私……

今、されたことを思い出すとすぐに体温が上がった。気持ちがふわふわとして何もできないし、思考も停止する。緊張状態で動きが取れなくて頭が回らないのとは明らかに違った。嫌悪感よりももっと別の何かが身体の奥でうごめいていたように思う。

あれは一体……

レティーシャは自分の反応についてあれこれと考えを巡らせた。自分の身に何が起きたのか、どう対処するのが正しいのか。

そのせいで、彼に抱きしめられたままだということをレティーシャはすっかり忘れ、いつの間にか夢の世界に引き込まれていた。


レティーシャが心地よい眠りから目覚めたとき、ベッドの中は一人だった。

カーテンの隙間からもれる朝の光に照らされながら、ゆっくりと上体を起こす。自分がレイクハート邸にいることを思い出し、昨夜の名残《なごり》を探すが、セオフィラスがこの部屋に来たことを示す形跡は見つからなかった。

彼が訪ねてきたことは夢だったのかもしれない。会いたいと思いながら横になったため、夢に見てしまったのだ。それなら納得ができる。恋人でもないのに、あんな姿でやってくるわけがないのだから。

私ったら、なんて夢を……

思い出すと、胸がトクンと鳴った。慣れない反応に、レティーシャは胸もとに手を置く。

セオフィラスさま……

彼はちゃんと眠ることができたのだろうか。レティーシャはそれが気になった。

「今日もいい天気ですね、レティ。庭の散策でもいかがですか？」

朝食後、何をして過ごそうかと部屋で考えていたとき、セオフィラスが突然に訪ねてきた。その誘いに頷《うなず》き、レティーシャはレイクハート邸の庭に出る。

レイクハート邸の庭園は手入れが行き届いており、様々な花や草木が目を楽しませた。

「――この辺りの植物は薬草でして、その時々に使用されるのですよ。向こうに見えるのは香草で、食事にも使うと聞いています。本日のティータイムには香草を混ぜた焼き菓子を頼んでいますから、一緒に食べましょうね」

ここは以前屯所《とんしょ》でいただいたハーブティーに似た香りがする。

心を落ち着かせる効果があると聞いていたが、レティーシャの鼓動は忙しい。それは今朝見た夢のせいだけではなかった。

セオフィラスさまの声が頭に入らない……

菜園の前でセオフィラスが栽培中の植物の説明を丁寧にしてくれている。それなのに理解する余裕がなくて、レティーシャは困っていた。

「あ、あの……」

申し訳ないと思いながら口を開くと、セオフィラスが足を止めた。

「いかがなさいました？」

心配そうに顔を覗《のぞ》かれ、レティーシャはさらに緊張した。

アメジストの瞳から逃《のが》れるように視線を手もとに向ける。そこには自分の手と彼の手があった。

「あの……手を繋いでいることが気になって……」

庭園の散策に出てから、セオフィラスはレティーシャの手をずっと握って歩いていた。それでも一応、使用人たちの目に注意を払っているつもりらしい。

しかし、こうして握られていると、彼との距離や接触しているという事実で頭がいっぱいになり、せっかくの説明が頭に入らない。それはとても彼に失礼だと感じた。

「この程度でも緊張するのですか？」

心底不思議そうな声色である。そこにからかう様子がなくて、レティーシャは少し安堵《あんど》した。

「な、慣れていなくて……すみません」

謝るレティーシャに、セオフィラスは小さく息を吐き出す。

「昨夜はもっと親密なことをしましたのに」

告げて、彼はレティーシャの赤い髪を払い首筋を覗《のぞ》かせる。そして、ある部分を指先で優しく擦《こす》った。

「証《あかし》も残っているではありませんか」

彼が触れている部分が、夢の中――いや、昨夜口づけをされた場所であるのをレティーシャは思い出す。

夢ではなかった？　夢ではありませんでしたのっ！

体温が急激に上がった。夢だろうと現実だろうと恥ずかしいことに変わりはないが、どういう顔をしていいのかわからず、ますますセオフィラスの顔を見られない。

「そんなに俺が苦手ですか？」

どこか寂しげな声で訊《き》かれる。レティーシャは小さく首を横に振った。

「苦手というわけでは……ただ、身体がそう反応してしまうだけで……」

距離が近い。意識すると身体は強張《こわば》り、声も小さくなってしまう。

「身体が、ですか。――しかし、今のあなたは別の意味で緊張していらっしゃるみたいですね」

別の意味？

セオフィラスの言葉を理解できずにいると、突然に視界が高くなった。彼に抱き上げられたのだ。

「お、下ろしてくださいませ、セオフィラスさまっ!?」

「暴れると落ちますよ、レティ。俺に掴まってください。一度体験しているでしょう？　ほら、首に腕を回して」

彼の行動の意図がわからない。

狼狽《うろた》えるレティーシャをよそに、セオフィラスは歩き出した。

「なっ、あのっ」

揺れて身体が安定しない。咄嗟《とっさ》に指示の通りに彼の首に腕を回した。

誰も見ていないとわかっていても恥ずかしい。気が動転していて、もはや言葉にならなかった。

「――さて、ここで昨夜の続きをしましょうか」

レティーシャが下ろされたのは、ガゼボの中だった。柱に寄りかかるように座らされ、片膝《かたひざ》をついたセオフィラスに正面から見つめられる。

アメジストの瞳の中で揺れる妖しい光に、視線が釘づけになる。

「昨夜の……続き……？」

「俺に慣れていただくためのレッスンです」

「ここで……？」

男性の代表として慣れるようにと説明されたことは覚えている。だが、こんな場所で何をするというのだろう。

不安な気持ちでセオフィラスを見つめると、彼は頷《うなず》いた。

「もちろん。昨夜は俺の都合で中途半端になってしまいましたので」

「でも、あれは、眠るための儀式じゃ……？」

変な声が出てしまって恥ずかしかったし、奇妙な気分になって戸惑《とまど》った。しかし、それで彼が心地よく眠れるのであれば仕方がないと思っている。眠るための儀式なら――と受け入れるつもりでいたのだが。

素直にレティーシャが問うと、セオフィラスは苦笑した。

「あなたは本当に何もご存知ないようですね。あれは男女が愛を語らうときに行うものですよ。まだまだ序盤です」

「……？」

苦笑されたのは、自分が見当違いなことを言ったからだと理解できる。しかし、彼が何を言いたかったのか想像できなかった。

男女が愛を語らうときどうするのかと訊《き》かれても、レティーシャはぼんやりとしか思い浮かばない。姉たちの話では、口づけをしたり、触れ合ったり、同じベッドで眠るものらしい。

レティーシャには、なぜそんなことをするのかさっぱりわからないのだが、そういうものなのだということだけはなんとなく理解していた。

「経験がないことは知っているつもりでしたが、知識すらないとは……道のりは長そうですね」

「す、すみません……」

セオフィラスが少し苛立《いらだ》っているような気がするのは気のせいだろうか。

レティーシャは思わずしゅんとする。

「あなたが謝る必要はありませんよ、レティ。いささか驚きはしましたが、それはそれで教え甲斐《がい》があるというものです」

そう告げて、セオフィラスは笑む。優しく、というよりもどこか野性味を感じさせる笑顔だ。

「初々《ういうい》しいあなたの反応のすべてを見ることができると思うと、俺は光栄ですよ」

「……あの、セオフィラスさまは私に何をするおつもりなのです？」

私、どうなってしまうの？

事態が良くない方向に進もうとしているんじゃないかと、心のどこかがざわついている。

彼は「俺に慣れろ」と言っているが、それが具体的に何を示しているのか想像できない。だから、彼の口から直接訊《き》いておきたかった。

「まずは、キスをしましょうか」

「な、何をおっしゃってっ⁉」

さらりと言われて、レティーシャは戸惑《とまど》った。

彼が言っているキスは、おそらく挨拶でするようなものではない。恋人同士のものだとしたら、彼とは畏《おそ》れ多くてできない。

あ、でも、私、セオフィラスさまとは……

酒に酔ってしまったあの夜、水を飲ませるために彼は口づけをしてきた。だから、初めてではない。

「もちろん、俺のことがお嫌いでなければ、ですが」

距離が徐々に縮まっている。

「嫌ってはおりませんけど……」

レティーシャは混乱していた。

男性に慣れるためとはいえ、そんなキスをしてもいいのだろうか。嫌いではないとはいえ、恋人でもない相手と。

「なら、してもかまいませんよね？」

セオフィラスはふっと笑う。長い指先がレティーシャの頬をなぞり、繊細なものを扱うように顎《あご》をそっと持ち上げた。

「よ、よくないですっ⁉」

焦ってそう叫ぶのに、セオフィラスの整った顔がどんどん近づいてくる。

見つめ合ったまま不思議と視線を逸らせない。

「拒否したいなら、逃げてください。それが勉強になりますから」

唇が軽く触れて、離れた。

これでお終《しま》い？

初めてのキスが不意打ちで衝撃的だったこともあって、レティーシャはかなり身構えていた。だが、ちょっと触れただけで離れたために気が抜ける。

すると、今度は強く押し当てられた。

「んんっ⁉」

角度を変えて何度も押し当てられたかと思うと、唇を食《は》まれる。レティーシャの唇は幾度となく味わうように食《は》まれ、柔らかな舌でなぞられた。

「あっ……」

背筋がぞくりとして、声が漏れる。薄く開いた唇の間に、彼の舌が差し込まれた。

な、なんですの……？

口づけは終わらない。別の生き物みたいに動く彼の舌は丁寧に歯列をなぞる。ゆっくりと、歯の形を確認しながら右へ左へと移動した。

「んんぅ……」

息が苦しい。呼吸の仕方が思い出せない。

セオフィラスの手がレティーシャの頭を愛《め》でるように撫《な》で、首の上の辺りを支える。そして、それに合わせて舌がさらにレティーシャの口内へ伸ばされた。

セオフィラスさま……

彼の舌と自分の舌が触れ合うと、とろんとした気持ちになる。嫌悪感は少しもなく、彼に身を任せてしまいたくなる。

逃げるのが勉強になると言っていたのに、拒めないなんて……

もっと彼を感じたくて、自然と目蓋《まぶた》を閉じた。

視覚からの情報が消えると、神経が研《と》ぎ澄まされる。彼の一つ一つの仕草が身体に少しずつ刻まれていき、口の中をまさぐられているだけなのに、全身がうずいた。

彼はしばらく舌を絡めていたが、そのうちにレティーシャの上顎《うわあご》を舐《な》め始める。強弱をつけて擦《こす》られると、身体がぞくぞくとした。

「んっ……」

その正体が快感であるとわかり、レティーシャは身をよじる。

そんな彼女の肩を押さえてセオフィラスは執拗《しつよう》にそこを攻めた。

身体がおかしくなりそう……

体温が上がって、のぼせる。触れられていないはずの下腹部まできゅんとうずいていた。

これはどうしたというのだろう。

「……レティ」

呼びかけられて目を開けると、セオフィラスの紫色の瞳が薄《うっす》らと濡れていた。そんな彼に色気を感じる。

「気持ちいい？」

問われても、意識がぼんやりとして答えられない。

息が上がっていて、心臓も速く脈打つ。まるで全力疾走のあとみたいに、ぐったりとしてしまっていた。

するとセオフィラスは困ったように微笑んだ。

「今教えたキスが、恋人たちがするキスですよ」

恋人たち。

その単語に、レティーシャの心は軋《きし》んだ。彼とは恋仲でもないのに、勉強のためという理由で口づけをしてしまった。許されるものなのだろうか。

なのに、嫌じゃないなんて……

申し訳ないことをしたと思っているはずなのに、彼ともう一度してみたいなどと期待している自分がいる。それが信じられなくて、レティーシャはますます動揺する。

「レティ？」

何も答えなかったからか、セオフィラスが顔を覗《のぞ》き込む。

「気分が悪いのですか？　刺激が強すぎましたか……」

「い、いえ……」

小さく首を横に振る。

呼吸は整ってきたが、胸のドキドキが鎮《しず》まる気配がない。

「あの……どうして私にキスを？」

恋人でもないのに、と続けたかったがそれは声にならなかった。

きっと勉強のためですわね。

答えがわかりきっている質問をしてしまったことを後悔する。何を期待しているのだろうかと、レティーシャは自分を浅ましく思う。

そんなレティーシャに、セオフィラスは安心させるような笑みを向けた。

「知っておいて損はないでしょう？　それに、俺があなたを知りたかったので」

「私を……？」

キスで何がわかるというのだろう。経験のないレティーシャにはわからない。

「レティ。俺はもっとあなたを知りたいのです。それは、決して俺が眠りたいからではなく――」

そこで、セオフィラスは欠伸《あくび》を押し殺した。

「――すみません。ついあなたに夢中になりすぎました。少し眠ってもいいでしょうか？　適当な時間に起こしてください」

彼はレティーシャの返事を待たずに眠りに落ちた。倒れ込むようにして身体を預けてきたので、レティーシャは慌てて彼を抱き留める。

不思議な方……

もう、セオフィラスを怖いとは思わなかった。

触れられても、最初の頃ほど恐慌状態にはならない。それは彼の講義の成果だろう。感謝しなければ……

少しでもよく眠れますように。

レティーシャは身体の位置を変えると、彼の頭を膝の上に乗せて静かに覚醒を待った。


レイクハート邸でレティーシャが世話になってから数日が経過した。引き続き彼の講義を受けていたが、ガゼボでの出来事よりも親密なことはされていない。

この日の夜も、セオフィラスはレティーシャの部屋を訪ねてきた。他愛のない会話、そしてふいに見つめ合うとそのままベッドに倒れ込む。

「セオさま……」

「怖がらないで、レティ」

「……はい」

頭を撫《な》でられると気持ちがよくて目が細まる。首筋に顔を埋められたので、そっと彼の肩に手を回した。

何もできずにされるがままだった最初と比べたら、自分から彼に触れられるようになった分だけ進歩している。

セオさまの頭を撫《な》でてはいけないかしら。

幼い子を抱きしめるような仕草をしたら彼に失礼かもしれないと思い直し、動かそうとした手を止めた。

「いい香りだ」

すんすんと鼻を鳴らされると、髪が揺れてくすぐったい。耐えるために言葉を紡《つむ》いだ。

「こちらではいい石鹸《せっけん》を使わせていただいているので……」

変な声が出そうなところを懸命に堪《こら》えて返すと、セオフィラスがクスッと笑った。

「……レティは本当に何も知らないのですね」

「あ、あの、からかっていらっしゃるんですか？」

セオフィラスの態度が不満で、レティーシャは少し頬を膨らませる。

「いえ……気に障《さわ》ったのなら申し訳ないのですけれど、先は長いなと思いまして」

「どういう意味です？」

「今は知らなくていいことです」

彼のアメジストの瞳が濡れている。それに見惚れていると、顔が急速に近づき唇が触れた。

「んっ……」

強く押しつけられたと思うと、唇をねっとりと舐《な》められる。とても熱い。その熱が身体を伝播《でんぱ》していく。

セオさまをもっと感じたい……

少し唇を開けて彼を招こうとしたところで、顔が離れた。

「あ……」

寂しいと思ってはいけない。これは恋人の真似事でしかないのだから。

セオフィラスの困ったような表情を見て、レティーシャは我に返る。

「レティ。君にばかり負担をかけて申し訳ない――」

そう告げると、セオフィラスはレティーシャの横に転がる。すぐに寝息が聞こえてきた。

眠ってらっしゃる？

セオフィラスはいつもレティーシャに詫《わ》びてから意識を手放す。

負担になんてなっていないとレティーシャが答える前に眠ってしまうので、彼に気持ちは伝わらない。

謝るのは、私が恋人ではないから？　恋人になったら、もっと触れてくれるの？

セオフィラスに触れられるようになってから、徐々に彼への欲求が増しているのを意識していた。

彼にならもっと触れられたいし、もっと触れてみたいと思ってしまう。

レティーシャはそんな自分を浅ましく感じ、嫌悪した。

なんの取り柄もない自分が、誰もがうらやむ立派な人物である彼の恋人になれるはずがない。こうして恋人の真似事をしているのは、互いにメリットがあるからにすぎないのだ。ビジネスと表現したほうがしっくりとくる関係なのに、勘違いしてはいけないと言い聞かせる。

それに……

彼が謝る理由に思い当たるものがあった。それはレティーシャが男性を苦手にしているからだけではなく、シルヴィアという元恋人の存在だ。

訊《き》きたいけれど、訊《き》けない……

容姿の似ているという彼女こそが、今の自分がいる場所に存在するはずだったのではないか。そう想像するだけで、レティーシャの胸がチクリと痛んだ。切なさを覚える。

「セオさま……」

心地よさそうに眠るセオフィラスの額《ひたい》にそっと口づけを落とすと、彼と自分に毛布をかけてレティーシャは目を閉じるのだった。


訊《き》けそうでしたら、きちんと伺《うかが》いましょう。

セオフィラスが用意したイブニングドレスを身にまとい、レティーシャはシャキッと背筋を伸ばした。

彼女はセオフィラスのことをこそこそと嗅《か》ぎ回っているみたいなまねをしたくなくて、これまでシルヴィアの話を避けてきた。デリケートな話題なので、切り出しにくいのももちろんある。

しかし、いつまでもそうしているのはよくないと感じ始めていた。一人きりになったときに、泣きたい気分になってしまうからだ。

それに、セオフィラス側にも利点はある。不眠症に陥《おちい》ったきっかけがシルヴィアの死に関連しているとわかれば、対処法が浮かび解決するかもしれない。そうなると、レティーシャと長々と恋人の真似事をしている必要がなくなるだろう。

どう切り出せば、傷を不必要にえぐらずに済むのかは考えつかなかったが、見ないふりをし続けるわけにもいかないと思うのだ。

レティーシャは気合を入れて、大広間に向かう。


これからセオフィラスとダンスの練習だった。

急にダンスの練習をすることになったのは、パーティーの招待状がレティーシャに届いたからだ。オズワルト家が主催するもので、どうやらレティーシャのお見合いの場としてフェリシアが企画したらしい。企画の趣旨がお見合いであるだけに、レティーシャは逃げることができなかった。

それをセオフィラスに相談した結果、パーティーで少しでも自然な振る舞いができるようにとダンスの練習をすることになったのである。

男性に慣れるためとはいえ、まさかセオさまが練習に付き合ってくださるなんて……

怪我をさせないようにしないといけないなと気を引きしめつつ、二人きりであればシルヴィアのことを話すチャンスがあるかもしれない。

コレットの案内で到着した大広間は、この前のパーティーで使った場所であるのに雰囲気が違っていた。昼間の陽射しが大きな窓からたくさん降り注いでいて、とても明るい。先に着いていたセオフィラス以外に人の姿がなく、本当に広々としている。

「ようこそ、レティ」

「遅くなりました」

挨拶を済ませていると、コレットが部屋を出ていく。

これでいよいよ二人きりだ。唐突ではあるがさっさと話しておこうと口を開きかけたとき、セオフィラスがにっこりと微笑んだ。不意打ちの素敵な笑顔に気を取られているうちに、彼が先に喋《しゃべ》る。

「今日のドレスも素敵ですね。お似合いですよ、レティ。俺が選んだ服を着ていただけて嬉しいです」

レティーシャはセオフィラスに褒められて恥ずかしくなった。頬が熱い。

若草色のドレスはスカート部分がとても大きく広がったものだ。レースやフリルがふんだんに使われており、胸もとに細かな刺繡《ししゅう》が施《ほどこ》されている。手がかかった品であることは間違いない。

「セ、セオさまも素敵です。騎士団の方々がお揃いで着ていらっしゃる服以外の盛装をお見かけしたことがなかったので、とても新鮮です」

尋ねたかったことは引っ込めて、レティーシャは思ったままを告げた。

濃い青色のジュストコールに同色のベスト、ドレスシャツにクラヴァットを飾り結びにしている。遠目に見ただけではわかりにくいが、縁や袖などに細かな装飾が施《ほどこ》され、さりげなく彩《いろど》っていた。騎士団の服に身を包んでいるセオフィラスも凛々《りり》しくてかっこよいが、こういう品のある衣装も素敵でまぶしい。

「あの……今日は練習なので、もっとラフな格好でいらっしゃるかと思っていたのですけど……」

彼が形から入ることをよしとしているらしいのはこの数日でわかっていた。

だから、彼がこうして盛装をしているのは予想していたものの、わざわざ着替えさせてしまったことを申し訳なく感じる。

「あなたも盛装でしょう？」

実践に合わせてイブニングドレスを着てきたのだから、セオフィラスの指摘は正しい。

「ですけど、アクセサリーは置いてきましたし……」

さすがに、高価なアクセサリーを身につけて練習する気にはなれなかった。

もともとそんなにアクセサリーをつけたがるほうではないし、呼ばれたパーティーに出席する際は実家のものを使うはずなので、ここで借りようと思わなかったのだった。

「そうですね。あなたの輝きの前ではどんな石でも霞《かす》んでしまいますから、なくても充分でしょう」

お世辞だとわかっているのに、笑顔でそんなことを言われるとつい嬉しくなってしまう。

「そ、そんなことはないと思いますけど……」

少し俯《うつむ》いてスカートをぎゅっと握った。小声で否定するので精一杯だ。

セオフィラスは近づいて片膝《かたひざ》をつくと、レティーシャの手を取った。

「またそんな謙遜《けんそん》を。俺にはそのように見えているのですよ、レティ。――では、練習を始めましょうか」

「よ……よろしくお願いします」

胸がドキドキして、頭が回らない。受け答えをきちんとしようと意識することに夢中で、他のことが考えられなくなってしまった。

音楽がない中、セオフィラスの掛け声に合わせて足をさばく。基礎のステップの練習だ。

「――練習が必要とは思えないほど、お上手ですよ」

おだてられた途端に、足の動きが怪しくなる。少しふらついたものの、すぐに復帰できた。セオフィラスのエスコートは完璧だ。

「相手がセオさまだからです。あなただったら、どんな女性でもうまく踊らせることができるに違いありませんわ」

正直に告げると、セオフィラスは笑う。

「そんなことはないと思いますが」

身体を密着させたまま、右へ左へと移動する。呼吸もぴったりで、躓《つまず》くような心配はない。

彼に会う前は、男性と手を握っただけで、まともに動けなかったのに、不思議だ。

緊張で疲れることもなく、いつまでも踊っていられそうだった。

「これだけ踊れるのであれば、奏者を呼んで、より実践的な練習にしましょうか？」

「いえ。これで充分です。今はまだ、身体にステップの感覚を刻み込みたいので」

レティーシャは正直に告げる。意識しなくても動けるようになりたかった。そうすれば、たとえ緊張したとしても、身体が勝手に動いてくれるはず――そういう目論見《もくろみ》がある。

「勉強熱心ですね。教え甲斐《がい》があります」

「必死なだけですわ」

これでダンスを踊れるようになったら、姉たちに自慢ができる。そこまでいかなくとも、迷惑をかけずに済むだけでも僥倖《ぎょうこう》だ。

セオフィラスに教えられた通りに身体を動かしていると、顔が近づいた拍子に耳もとで囁《ささや》かれた。

「ねえ、もっと俺に慣れてください、レティ」

腰に回されたセオフィラスの手にぐっと力が入る。

抱きしめられた瞬間、レティーシャの脳裏にシルヴィアの名が浮かんだ。

私はここにいるべきじゃないのよ、レティ。

彼に訊《き》かなければならなかったことを思い出し、意識がそちらに傾いたとき、身体のバランスが崩れた。

「ひゃっ！」

スカートの裾を踏みつけたと理解したときには、セオフィラスを押し倒していた。

「怪我はありませんか、レティ？」

焦った様子でセオフィラスが見つめてくる。

身体をしっかりと抱き留めてくれたおかげで、レティーシャに痛いところはない。

慌てて上体を起こそうとすると、天地が逆転した。

かった。

「え、あの？」

豪奢《ごうしゃ》なシャンデリアがセオフィラスの後ろにある。どうして体勢が変わったのか理解できなかった。

「俺が調子に乗ったせいかと思いましたが違いますよね？　何か気になることでもあるのですか？」

集中が切れたことに気づかれてしまったようだ。答えるまでは逃がさないとでも言いたげに、彼の両手がレティーシャの首の横に置かれている。

「い、いいえ。いきなりぎゅっとされたから、びっくりしただけで……」

シルヴィアのことを問うチャンスであったはずなのに、彼の心配そうな顔を見ていたら言葉にできなくなった。胸がチクリと痛む。

彼との関係は嘘ばかりだ。屋敷で世話になる理由も周囲に伏せているし、男性に慣れるためのレッスンは恋人の真似事。会うたびに触れるたびに、嘘が重なっていく。

視界が歪んだ。

「……泣かないで、レティ」

彼の手袋がしっとりと濡れる。レティーシャの目にあふれた涙を吸ったからだ。

「ご、ごめんなさい。私……」

泣くつもりなどなかったのに、涙がこぼれた。次から次へと流れていく。

「あなたに随分と緊張を強《し》いていたのですね。それなのに、俺は……」

セオフィラスはレティーシャの上からどいて、解放してくれた。つらそうな横顔が見える。

違うの。これはそういう涙じゃなくて……

誤解されてしまった。弁解したいのに、涙が止まらず声が出せない。

「一度席を外しましょうか。コレットを呼びますので――レティ？」

去ろうとするセオフィラスのジュストコールを掴んで引き留める。それは反射的な行動だった。

彼は困った顔を向けているだろうが、レティーシャには涙でよく見えない。

「行かないで、くだ、さい……」

涙でぐしゃぐしゃでどんなに情けない顔を見られたとしても、ここで一人ぼっちにされたくなかった。そうなれば、もっとみっともなく泣いてしまいそうで、怖かったのだ。

「レティ……」

セオフィラスは座り込んでいるレティーシャの正面に片膝《かたひざ》をつくと、赤い髪を撫《な》でてくれた。安《あん》堵《ど》させるように優しく。

ベッドでレティーシャへの賛辞を述べるときと同じ仕草だ。

「無理しなくていいんですよ。あなたの男性恐怖症は治っていないのです。すぐに治るようなものでもないでしょうし、少しずつ慣れていけばいい。俺はいつまでも付き合いますから」

そういうことじゃないの。

声にしたいのに言葉が出ない。

「俺もやりすぎたと反省しているつもりです。性急にしすぎたことがたくさんあるのでしょう。あまりにもあなたの反応が可愛らしくて、調子に乗ってしまったのです。……もっと察するべきでした」

声色から、その告白が本心であることは伝わってくる。これまでの触れ合いがやりすぎだったとセオフィラスは感じているのだ。

違うわ。そうじゃないの。

びっくりすることも恥ずかしいと感じることもあったのは事実だ。でも、もっと触れてみたい、触れてほしいと思う人はセオフィラスだけだった。これ以上距離をおかれてしまったら苦しい。

恋人ごっこでしかなくっても。

シルヴィアの存在が気になっていても。

言葉にできないもどかしさが行動に変わった。

気がつくとレティーシャはセオフィラスに抱きついていた。

「レ、レティ？」

前触れなく抱きついたからか、セオフィラスが驚きの声を発する。レティーシャは彼の首に手を回して、声を絞り出した。

「少しだけ……」

気持ちは伝わるだろうか。声にできなくても、伝わるだろうか。

拒絶されるかもしれない。はしたない女だと思われるかもしれない。

でも今は、少しだけ、こうしていたかった。

「……少しだけでいいなら」

セオフィラスの手が背中に回る。

身体を支えるためだけに添えられた手に、彼の遠慮が感じられて、切ない。

でも、これ以上求めたらいけませんもの……

レティーシャは心の中で何度もその言葉を繰り返していた。

泣き疲れて眠ってしまうまで、セオフィラスはレティーシャのそばを離れなかった。


ダンスの練習をしたあの夜から、セオフィラスはレティーシャの部屋を訪ねてこなくなった。

セオフィラスの体調を心配して訊《き》けば、「昼の間だけ一緒にいればちゃんと眠れるので問題はありません。今まで無理をさせてすみませんでした」と謝るだけで、それ以上のことは教えてくれない。

それに加えて、セオフィラスと同行するとき、特別な事情がなければコレットも一緒にいるようになった。なぜかと問えば、彼の指示だという。おかげでシルヴィアの話題を振りにくいし、セオフィラスとの距離も縮まらない。

それからさらに数日が経過したが、徐々に彼の顔色が悪くなっているような気がする。眠れていないのだと察するには充分だった。

そんなある日の昼食後。クローゼットから引っ張り出された数々のイブニングドレスが部屋中に並べられるのを、レティーシャは見つめていた。

明日に控えた舞踏会の準備である。

「セオさま」

「どうしました？　レティ」

コレットがドレスを並べるのを見ながら、レティーシャは傍《かたわ》らのセオフィラスに問う。

「これが終わったら、お昼寝をしませんか？」

思い切って提案する。ここにはコレットもいるが、やむを得ない。それにコレットはセオフィラスとレティーシャの関係を恋人、あるいはそれに準ずる関係だと誤解しているようだったので、それを利用してしまおうと考えたのだ。

唐突な提案に、セオフィラスは目を丸くする。

「毎日ダンスの練習を続けたおかげでだいぶ様《さま》になってきましたし、今日はお休みして体力を温存したいのです。いかがでしょうか？」

これでも頑張ったほうだ。とりあえず彼がこの提案に乗ってくれれば、二人だけの時間を作ることができる。レティーシャはシルヴィアのことを訊《き》き出し、セオフィラスは睡眠時間が作れるのだ。

「面白いことを言いますね。俺にも昼寝が必要だと？」

苦笑するセオフィラスに、レティーシャは力強く頷《うなず》く。想定通りだ。

「はい。明日の舞踏会はオズワルト邸で開かれるので、警備に参加されるのでしょう？　しっかり身体を休めておいたほうがいいに決まっています！」

すぐには乗ってこないと予想していたので、練っておいた台詞《せりふ》をそのまま力説する。

会場がオズワルト邸であるため、休暇中のはずのセオフィラスも警備要員として参加することになっていた。このところパーティーのあとに不審者を見かけるという情報もある。数年にわたって彼が警備を取り仕切ってきたので、今さら他の人には頼めないと押し切られたらしい。セオフィラスも人がいいので、別段嫌な顔もせず引き受けたのだと聞いている。

「そんなに心配されなくとも、俺は元気ですから」

断ろうとする気配を察して、レティーシャは窓際にいたセオフィラスの前へと移動する。

「元気であっても、です」

ここはどうしてもセオフィラスに乗ってもらいたい。

勇気を振り絞って、レティーシャはセオフィラスの手を握る。手袋をはめていたおかげで直接肌が触れずに済むのがありがたかった。

セオフィラスの目がコレットに向けられる。コレットはレティーシャの視界の端で小さく頭を縦に振った。仕草を見るに、お二人でごゆっくりどうぞ、といったところだろうか。

「わかりました」

気が乗らない様子であるもののセオフィラスが了承したのを聞き、レティーシャはぱっと手を離した。

「よかった。では、さっさと衣装を決めてしまいますね」

約束をして、レティーシャはドレス選びに戻った。

「――自分から誘うだなんて、大胆なことをしますね」

衣装選びを終えてコレットが部屋から出ていくなり、セオフィラスはレティーシャをベッドに拘束した。押し倒されて、片手の自由が奪われる。

「こういうことをご所望ですか？」

苛立《いらだ》ちを感じさせる男の顔がレティーシャの前にある。

「いいえ、違います」

腹の底からちゃんと声が出た。震えることなくしっかりとした自分の声に安堵《あんど》し、レティーシャは続ける。

「誘ったのは、セオさまが嘘をついていらっしゃるからです。眠れていないくせに強がっていらっしゃるでしょう？」

心配なのだ。せっかく屋敷に泊まり込んで近くにいられるのに、距離をおくようなまねをされたら、意味がないではないか。

臆せずに、はっきりとレティーシャは告げた。この程度の拘束であれば、怖くはない。

睨《にら》むようなレティーシャの眼差《まなざ》しに根負けしたのか、セオフィラスの表情から怒りが引いた。

「ですが……俺はあなたに無理をさせたくない」

その返答が、彼の状態を示していた。

「私のことはお気になさらないで。あのとき泣いてしまったのは、あなたのことが怖かったからではないのです。私が……セオさまのそばにいるのが不釣り合いな気がしてしまったから」

「決して不釣り合いなんてことは――」

「私、聞いたんです」

セオフィラスの言葉を遮《さえぎ》って、レティーシャは続ける。

「恋人がお亡くなりになっているって。彼女が生きていらしたら、私はここにいなかったのでしょうと思ったら、悲しく……なってしまって……」

きちんと、彼の元恋人と向き合おうと決めていたのに、涙があふれ出してしまう。これでは肝心のことが訊《き》けない。

「セオさま、ごめん……なさい」

「レティ……謝らなくていい」

セオフィラスがどんな顔をしているのかわからない。ふいに歪んだ視界に見える彼が大きくなり、たくましい腕に捕らわれた。

「嫌われたのだと思っていました。無理強《じ》いをしてきたから、それは当然だと。ですが……違ったのなら……」

セオフィラスの様子がおかしい。体重がレティーシャの身体に乗ってくる。

「……よかった」

すぐに寝息が聞こえてきた。

レティーシャが涙を拭《ぬぐ》ってそっと横に移動すると、セオフィラスは安心した様子で眠っていた。

また、訊《き》けませんでした……

誤解は解けた。でも、一番訊《き》きたかったことには触れられなかったのが悔しい。

「……それでも、あなたの寝顔を見ることができて、私は嬉しいです……セオさま」

気持ちが伝わったことに幸せを感じる。

少しずつ彼を知っていけばいい、そもそも自分はそんなに器用な人間ではないのだから焦らなくていい。

レティーシャは気持ちよさそうに眠るセオフィラスの頭を撫《な》でながら、自分に言い聞かせていた。

第六章　夢から覚めるとき

オズワルト家自慢の庭の野外パーティーは、たくさんの燭台《しょくだい》が並び、日常とは切り離された空間で開催された。風で微《かす》かに揺れる炎が、一帯をどこか現実ではない場所のように演出している。

まぁ、屋内のパーティーとは勝手が違うわ……

公爵家のパーティーは大広間を使って行われたが、今回は屋外。姉たちのアイデアなのだろう。レティーシャがいつものような舞踏会になると意識してしまって動けなくなると考えたからに違いない。

風変わりではあるが、とても素敵だ。

「ごきげんよう。本日はお会いすることができて、嬉しいですわ」

そういう環境のせいなのか、あるいはセオフィラスのレッスンのおかげなのか、今日はスムーズに挨拶ができる。十数人の男性と挨拶をしたが、あからさまに不快感を示す人はいなかった。ダンスも何曲かお相手をし、無事に乗り切ったところだ。

とにかく、今日は問題を起こすことなく終えるのが最優先ですわ！　お見合いは、このあとでエレアノーラお姉さまあたりがどうにかしてくださる……わよね？

人の取りまとめはエレアノーラがやったのだろう。エレアノーラのほうが長女ということもあって顔が利くからだ。

気合を入れていると、背後から近づく気配があった。

レティーシャはすぐに振り向く。

「あ……失礼いたしました」

どこかホッとした様子で話しかけてきたのは、セオフィラスと同年代と思われる青年だった。ドレスコードに則《のっと》った盛装をしているので、どこかの貴族のようだ。

「シルヴィアさまではないんですね。オズワルト邸だから、まさかと思ったのですが」

「私はレティーシャ・ラファイエットです。オズワルト夫人の妹ですわ」

相手が男性であっても、受け答えは完璧だ。笑顔だって作ることができる。

すると青年ははっと何かに気づいた顔をして呟《つぶや》いた。

「ああ。今話題の『抱き枕令嬢』……あ、いえ、失礼。僕は――」

そして互いの自己紹介を済ませると離れていく。実はこんなやり取りをしたのは一人だけではなかった。

彼らが総じて口にする名前はシルヴィアで、それがシルヴィア・オズワルトのことだと今は理解できた。オズワルト邸の庭が会場であるだけに、レティーシャの姿を見て生前のシルヴィアのことを思い出すらしい。

彼女は輝くような赤毛の美少女だったと記憶している。似たような色みの赤毛であっても、凡庸《ぼんよう》な顔つきの自分とは似ても似つかないはずなのに。

薄暗いので人違いされやすくなっているのだろうか。

社交界デビュー前でもあったレティーシャが彼女に会ったのはオズワルト伯爵とフェリシアの結婚式での一度だけ。なのではっきりと顔を覚えてはいなかったものの、まさか周囲に間違われるほど似ているとは露《つゆ》ほども思わなかった。

それに、抱き枕令嬢って何かしら？　聞き捨てならないことをあちらこちらで言われているんですけど、お姉さま……

レイクハート邸で世話になっていることは秘密なのではなかったのか。囁《ささや》かれる声の中に『抱き枕令嬢』という単語が頻繁に紛《まぎ》れている。誰かがセオフィラスとレティーシャの関係を外に漏らしたようだ。

どうやら、彼に気にかけてもらってはいるが恋人にはなれない人間だと言いたいらしい。

仕方がないことかもしれないけれど、まだ引き籠《こ》もり令嬢のほうがよかった。

笑顔を作ってはいるものの、恥ずかしさに泣きたい気分だ。近辺を警備しているセオフィラスの耳にも届いているだろうと思うと、心底申し訳ない。

新しい恋人だって噂されないのは、私が彼と釣り合わないからよね……情けない……

セオフィラスがどれほど評判のいい人間なのかを思い知らされる。付き合っている人も婚約者もいないと知られているのだから、恋人ができたのだと思われてもいいはずなのに。

見た目は凡庸《ぼんよう》、中身がこんなのでは、売り込みようがない。せめて姉たちのような美貌があればよかったのに。

でも、とレティーシャは思う。彼のおかげで、少しは見栄えする令嬢になれたのではないか。誰かに勝るところは増えなくても、前の自分よりは確実によくなっているような気がする。

セオさまにお会いしたら、感謝を伝えないと。できることなら、何かお礼もしたいわ。

自分にできることなんてあまりないけれど、彼が望んでくれることならなんでもしたい——レティーシャは心からセオフィラスに感謝していた。

＊　☆　＊

その頃、セオフィラスはパーティー会場が見渡せるテラスにいた。

不審者がいないか、目を光らせる。公爵家のパーティー後に現れた不審者の情報は、確認できずにいる。その人物の目的がわからない以上、今夜は現れずに済むという確証もない。縁があるオズワルト家の舞踏会だ、何事もなく終えられるように集中しようとセオフィラスは思っていたのだが——

「レティ……」

視界にレティーシャの姿が入ると、ついつい凝視してしまう。

夜の野外であることを意識した明るめのエメラルドグリーンのイブニングドレスを身にまとう彼女は、大輪の薔薇《ばら》のように目をひく。だから視界の端に入るたびに気になってしまう。

まったく、仕事中なのに俺は……

レティーシャが男性と話す機会が多いのは、お見合いという側面もあるので仕方がないことだ。前回のパーティーのときよりも自然に振る舞えているように見えて、嬉しいのと同時に嫉妬を覚えていることに気づく。

事件を解決するまではと決めていたはずなのに。

日頃からこうしてオズワルト邸の警備をしているのも、その目標があってのこと。恋愛はまだできない。

仕事に集中しようと気持ちを切り替えたところで、聞き慣れた声がした。

「だんちょー！」

声変わりを終えていない少年のような高い声は、エドウィンだ。小走りにセオフィラスの隣に駆け寄ると、にやにやと笑う。

「なんだ？　仕事中だぞ」

締まりのないエドウィンの顔を見て、セオフィラスは注意する。

エドウィンもオズワルト邸の警備を頻繁に行っているので、今日のパーティーの警備に駆り出されていた。

エドウィンは背伸びをしてセオフィラスの耳もとに口を近づけると小声で話す。

「調教は進んでますか？」

「はっ？」

反射的に殴り飛ばしそうになったのをすんでのところで止められたのは、今が勤務中だからだ。

セオフィラスは冷たい眼差《まなざ》しをエドウィンに向ける。

「またまたー。レティーシャ嬢を屋敷で預かるってそういうことでしょ？　誰にも言いませんから、ね？」

「お前が彼女に抱き枕令嬢と名づけた犯人か」

茶化してくるエドウィンに、セオフィラスは拳《こぶし》を作ってバキバキと鳴らした。

この会場に着いてからセオフィラスの耳にも抱き枕令嬢の噂は耳に入っていた。

休暇で屋敷に籠《こ》もっていた間に、そんな噂が流れていようとは微塵《みじん》も想像していなかったので、寝耳に水である。二人の関係を邪推する人はいるだろうと想定してはいたが、こんなにも急に広まるとは考えていなかったのだ。

さあ観念しろとばかりに迫ると、エドウィンはさっと両手を挙げて降参のポーズをする。

「僕じゃないですって！　これでも口は堅いんですよ！　今まで職務で知った情報を口外したことはないってご存知じゃないですか！」

抗議するエドウィンを、セオフィラスは冷たく見下ろす。

「直接ではなくても、お前が無関係とは限らないだろう？　そもそも、勤務中にそういう話題を振るのは軽率ではないか？」

「ちょっ……冷静になりましょうよ、レイクハート団長！　団長はレティーシャさんのことになると、すぐムキになるんだもん。つい面白くって……でも、もうしませんから！」

慌ててエドウィンがこの場は見逃してほしいと手を合わせる。

セオフィラスは大きなため息をついて落ち着きを取り戻した。レティーシャの話題に触れると感情的になってしまうのは事実だと認めたからだ。

「わかった。今は仕事中につき、見逃そう」

「あ、そうそう。僕が会場を見て回った感じだと、セシル・ベネディクト氏が『レティーシャさんは抱き枕令嬢だ』ってやたらと言いふらしている感じでしたよ。彼はオズワルト伯と親しいみたいだし、団長とレティーシャさんのことをオズワルト夫人から知ったのかな。レティーシャさんのためのお見合いパーティーだっていうのに、失礼なヤツですよね」

「何かの八つ当たりかもな。最近の彼からはいい噂を聞かないし」

セシルは賭け事にはまり、事業で使うはずだったお金が目減りしているとのことで、最近は取引相手から見放されているらしい。

経済方面には疎《うと》いセオフィラスの耳にも届くほどなので、よほど広まっていることなのだろう。

「彼女が変に落ち込んでいないといいが」

セオフィラスは眉をひそめ、再びパーティー会場を見渡した。

いたるところに設置された燭台《しょくだい》と月明かりのおかげで割とよく人の顔がわかる。しかし、会場から少しでも離れれば顔を確認できないくらいの暗さであり、安全であるとは言い切れない。

「ちょっと会場を覗《のぞ》いてきたらいかがですか？　僕が代わりますよ」

オズワルト邸の警備を何度も経験しているエドウィンなら勝手がわかるので、充分に自分の代役が務まる。

そう考えたものの、セオフィラスはすぐに否定した。

「いや、いい。そろそろパーティーも終盤だ。このまま見届ける」

会場を見ながら答えれば、エドウィンが脇腹をつついた。

「だったらお手洗いに行ってきてください。パーティーが終わったら、団長、レティーシャさんを送り届けるつもりなんでしょう？　今がちょうどいいタイミングです」

そして、エドウィンは「あ」と小さく声を上げた。

「ほら。レティーシャさんも一度屋敷に戻るみたいですよ。エスコートに行ってきたらいいじゃないですか」

彼なりに気を利かせているつもりなのだろう。ここを離れるまでこの不毛なやりとりを続けるのかと思うとうんざりして、セオフィラスはエドウィンに向き直った。

「わかった。ここは任せよう。すぐに戻る」

にやにやしているエドウィンを視界の端に置きながら、セオフィラスはマントを翻《ひるがえ》す。

レティに会ってこよう。少し話がしたい。

足早に会場へ向かった。

＊　☆　＊

レティーシャがパーティー会場を抜け出して屋敷へ歩き出すと、長めの銀髪を後ろで一つに束ねている小太りの男性――セシル・ベネディクトが声をかけてきた。

「ごきげんよう、セシルさま」

レイクハート邸でのパーティーで顔を合わせていたので顔を覚えている。それにエレアノーラとフェリシアから招待客についてざっくりと説明を受けた中に、彼の名前もあった。

ベネディクト家とオズワルト家は事業で繋がりがあったそうで、そんな縁から呼ばれたらしい。

「今夜はいかがですか？　屋敷までお送りしますよ」

そういえば前もそんな話をしたな、とレティーシャは思い出す。

あのときはセオフィラスを待っていたので丁重にお断りしたのだが、今回はどう説明したものだろうか。

「えっと……」

レイクハート邸に用事があるのでとは、さすがに言えない。ここは姉であるフェリシアの家だし、オズワルト邸に泊まっていくと言ってはぐらかそうか。

悩んで言葉に詰まっていると、セシルの背後にセオフィラスの姿を見つけた。自然と目が合う。

「レティ」

セオフィラスに名を呼ばれる。その声にセシルはすぐ背後を見た。

「これはこれはレイクハート騎士団長殿」

わざとらしい言い方に、レティーシャは引っかかりを覚える。

セシルは気おされたように一歩下がって、つくり笑いを浮かべた。

「お二人は随分と仲がよろしいそうですね。公爵さまのご子息がレティーシャ嬢のナイトさま、ですか？」

その声には明らかに身分違いであることを揶揄《やゆ》する響きが含まれていた。

セオフィラスもそれには気づいていたようだが、穏やかな笑顔を作って口を開く。

「そのように見えているのでしたら、俺は光栄に思いますよ」

その台詞《せりふ》に、レティーシャは胸の鼓動が速くなるのがわかった。

どうしてそんな誤解されるようなことを言うのだろう？

ビジネスでしかない、互いの状況が改善されれば終わる関係なのに、これでは恋人だと言っているようなものではないのか。

嬉しいと思ったら、いけないのでしょうね……

きっと自分が困惑顔をしていたからだろう。助け船を出すためにセオフィラスは光栄だなんて嘘をついたに違いない。彼にとっては、レティーシャとの噂など大したことではないのだ。

「ああ……振られてしまったようですね。僕はこれで失礼します。お姉さんにもよろしくお伝えください」

セシルは大仰に言って、この場を立ち去った。会場を出ていくほうに進んでいるので、帰宅するのだろう。

なんだったのかしら？

レティーシャを家に送ることにやたらとこだわっているように思える。何か理由があるのだろうか。

オズワルト家と関わりが深いみたいなので、恩を売っておきたいのかもしれない。

見送りながら首を傾《かし》げると、セオフィラスがさりげなく腰を引き寄せてきた。

「あ、あの？」

近すぎると指摘しようと顔を上げると、セオフィラスは鋭い視線をセシルの消えたほうに向けていた。胸がドキッとする。

「邪魔してしまいましたか？」

尋ねて、セオフィラスは優しげな顔でレティーシャに目を向けた。

「い、いえ。家まで送ろうかと声をかけられただけです。返答に困っていたところではありますけど」

事情が事情なだけに説明しづらい。セオフィラスが声をかけてくれたおかげで、頭の悪い嘘をつかずに済んだ。

「だったらよかった」

ホッとした様子で言うと、セオフィラスはレティーシャの腰に手を回したまま歩き出す。

「えっと……どちらへ？」

フェリシアかエレアノーラに呼ばれたのだろうか。

レティーシャは誘導されるままについていく。

だが、セオフィラスの様子がなんだかおかしい気がする。

セオフィラスはレティーシャの問いに答えないまま、屋敷内の階段の踊り場まで連れていった。人気《ひとけ》はなく、パーティーの喧騒《けんそう》すら届かない。

立ち止まり向かい合うと、セオフィラスが顔を見つめてくる。熱っぽい視線で肌をなぞられ、レティーシャの肌は上気した。

「レティ」

「はい」

何を言われるのだろう。

姉たちに何か頼まれたわけではなさそうだ。こんな誰も来ないような場所に案内されたということは、互いの秘密に関した話をするのかもしれない。

身構えていると、ふいに彼の顔が近づいた。

「目を閉じて」

言われるままに目を閉じる。すぐに唇に熱が伝わった。

キス？

状況がわからない。つい言われるままに目を閉じてしまったが、まずかったような気がする。

でも……

数日ぶりのキスは、自分が彼を欲していたのだと自覚するのに充分だった。

うっとりとした気分に浸《ひた》っていれば、顔の角度が変わる。抵抗しなかったからか、より激しく唇を奪われ、貪《むさぼ》るように舌を絡められた。

「んっ……」

身体が熱い。

くちゅくちゅと音をさせながら互いの熱を交換し合う。舌が触れ合うたびに鼓動が跳ねた。

セオさま……

背中を壁に押しつけられる。彼の手が胸もとに触れた。

「んんっ……」

形を確認するように撫《な》でられると、直接肌に触れたわけではないのにくすぐったくなる。

やがて唇が離れ、二人の唇を繋ぐ糸がつっと伸びた。

「レティ……」

「セオ……さま……？」

その声で、自分の呼吸が乱れていることに気づく。

キスってこういうものなのかしら？

彼のアメジストの瞳が濡れている。興奮しているのだろうか。彼の呼吸も少し乱れているような気がした。

「少しは抵抗してください。誰が見ているかわからないんですよ？」

セオフィラスはそう告げて視線を外すと、一歩後退《あとずさ》る。

「あ……すみません……」

これも講義の一環だったということなのか。抜き打ちの。

「……抵抗させなかったのは、俺ですけど」

彼が恥ずかしそうにしているように感じるのは、身勝手な解釈なのかもしれない。

まだレティーシャの鼓動は速いままだ。

「――帰宅の打ち合わせを、と思ったのですが……すみません」

「つ、次はちゃんと抵抗しますから……」

次があるのだろうか――言いながらふと思う。そのときが来たら、抵抗できるか自信がなかった。

私は……もっと先も知りたい……。もしも恋人になれるなら、あなたにこの先を教えてほしいの。

セオフィラスの恋人になりたいという気持ちが芽生えていることをレティーシャは強く意識した。

すると、セオフィラスは困ったように笑ってレティーシャを見る。

「レティ。あまり可愛いことを言わないでください。誤解します」

誤解ではない、自分がセオフィラスを好きなんだと知ってほしかった。

けれど、うまく言葉に出せない。

この気持ちを恋というのかわからなくても、もっと彼を知りたいし、彼の役に立ちたいと思う気持ちは事実だ。

結局、レティーシャは迷う気持ちを押し殺して笑顔を作る。

「は、はい……気をつけますね」

そして、帰りの打ち合わせをし、パーティーを後にしたのだった。

レティーシャの帰りの馬車はラファイエット家のものだ。途中でレイクハート家のものに乗り換えて、セオフィラスが住む屋敷に戻ることになっている。

帰路につく馬車の中から自分の家のものを探し出したレティーシャは、見知った御者《ぎょしゃ》に挨拶をして乗り込む。セオフィラスに指示された場所に向かってもらう手筈《てはず》は整っており、特に問題はなく出発をした。

レティーシャは周りの目が消えたところで自身の唇に手を当てた。

またセオさまとキスしてしまった……あんな激しく深いものを……

男性に慣れるためだというのに、彼からの情熱を感じたのは錯覚だったのだろうか。思い出すとたやすく鼓動は速くなる。

他の男性とも結婚すればするのかもしれない。考えてみるが、全く想像がつかなかった。

今日のパーティーではこれまでの人生で一番男性と喋《しゃべ》ったはずだ。嫁《とつ》ぎ先の候補者との面談だったわけだが、どの人とも連れ添うイメージが湧かなかった。

結婚に政治的な側面があることは否定しないけれど、できれば互いを好きだと思える人と結ばれたいと思っている。それはいけないことなのか。

姉のエレアノーラもフェリシアも政略結婚だったが、仲よくしているように見える。

エレアノーラは家督を継いだ都合もあって旦那さまを振り回し気味ではあれど、彼を立てていることはなんとなく伝わってくる。フェリシアは噂好きな性格を活かして旦那さまに助言をし、事業に役立てているらしい。

レティーシャはため息をつく。

自分は政治面での活躍もできそうにない。なんて役立たずなのだろう。こうなったら、元気な子をたくさん産むくらいしかやれることがない。病気知らずなのだから。

心身ともに丈夫なほうである。姉たちがよく寝込んでいたのに対して、レティーシャは病《やまい》で医者を呼んだことはなかった。姉たちが母の死で不眠症を患《わずら》ったときでさえ、レティーシャは元気だった。これはおそらくレティーシャの長所だ。

でも、子どもってどうしたらできるのかしら？

夫婦で仲よくしていればいいと聞いているが、具体的なことは何も知らされていない。旦那さまに任せればいいことなので、教えてもらうことはなかった。

方法はよくわからないけれど、そのくらいは貢献できる身体でありますように。

こういうお見合いパーティーを開いた以上、参加した人の中から申し出があればラファイエット家——つまりはエレアノーラが縁談を断るようなまねはしないだろう。エレアノーラは縁談を早くまとめたがっているので、いつものようにレティーシャに意見を求めることなく、相手に承諾の返事をするに違いない。

セオフィラスの不眠症が改善するまでは結婚を待っていてほしいけれど、相手の事情にもよるだろう。本当に、自分は受け身でしかいられない。

今まではそれでもいいと思っていた。だから自分の意見があっても、姉たちに逆らわずに従《したが》ってきたのだ。自分が我慢すれば、周りは笑っていてくれる。自分が黙っていれば、居場所を用意してくれる。

なぜなら、自分は何もできないのだから。

邪魔にならないようにすることだけで精一杯だった。追い出されないように反論はできるだけ避け、手がかからないようにおとなしくしていた。

仕方がありませんよね。

後悔しても意味がない。そうなるように生きてきたのだ、今さら方向転換はできない。

「セオさま……」

愛しい人の名を口にすると切ない。

こんな自分でも役に立てるならと思った。できる限りの協力はしたい。それを無駄だったとは思いたくない。だから、結果を見届けたい。そのくらいは、許してほしい。

そんなふうにレティーシャが彼への想いを再確認していると、馬車が激しく揺れた。

「どうしたの？」

馬のいななきが聞こえ、停車する。レティーシャは身体を椅子に固定して、様子を窺《うかが》った。

何かに乗り上げて動けなくなったというわけではなさそうだ。

暗い夜道だ。何かを踏んづけて停車することはままある。しかし、何かがぶつかってきたような衝撃があったうえ、上下の揺れだけではなかったのだ気になる。

「…………」

レティーシャは身動きをせずに、聞き耳を立てた。

「ひっ！」

御者《ぎょしゃ》の小さな悲鳴。それから地面に何か重いものが落ちたような音がする。

まさか、襲われている？

御者《ぎょしゃ》が引きずり落とされた音なのではないかと思い、レティーシャは血の気が引いた。どうしたらいいのかわからず、身体が動かない。

外の様子はカーテンで遮《さえぎ》られてわからず、音だけが頼りだ。

セオさま。

助けに来てほしいと真っ先に思い浮かんだのはセオフィラスの顔だ。今すぐ彼の顔が見たかった。心配いらないと言って抱き寄せてほしい。

そう祈っていると、馬車の扉が乱暴に開けられた。外にいた人物が長い腕をレティーシャに伸ばし、一気に引きずり出す。

「やっ！」

受け身を取れないまま地面に落下し、身体の右側をしたたかに打ちつけた。右肩が痛い。

「いっ……」

起き上がろうにも、恐怖で竦《すく》んでしまっている。かろうじて声を出せただけで、指の一本も動かせなかった。

地面に倒れたままになっているレティーシャの上に、襲撃犯は馬乗りになる。

向かい合う影でかろうじて男性だとわかるが、月明かりを背負う彼の顔はよく見えない。

誰……？

今日出会った男性の誰かのような気がする。小太りな体格で、それほど背も高くなさそうだ。

だが、冷静に観察できたのはそのくらいだった。彼がレティーシャの頬に手を伸ばす。

「ああ、シルヴィア。僕のシルヴィア。死んだなんて嘘だったたんじゃないか」

「わ、私はっ」

「レティーシャだと言うんだろう？　もういいんだよ、僕の前では演技なんていらないよ、シルヴィア」

頬をさっと一撫《ひとな》でし、さらに手袋を外してからもう一度ねっとりと触れる。

肌が粟立った。

「ひっ……」

手のひらの骨張ってざらついた質感。

「さあ、もう一度僕と一つになろう。永遠に愛し合おうじゃないか、シルヴィア」

酔っているかのような声で囁《ささや》かれたかと思うと、頬を撫《な》でていた手が胸もとに伸びる。

かろうじて見えた右手の甲に、複数の火傷《やけど》の痕らしきものが目に入った。真新しいものなのか、引きつれてはおらず赤みがかっている。小さなボタンほどの大きさで、夜空の星を模《も》したような配列がとても印象的だ。

やがてドレスの縁に指がかけられる。

「っ！」

そこには嫌悪感しかなかった。セオフィラスに触れられたときとは全く違う。

嫌なのに、やめてほしいのに、怖くて動けない。

予期せぬ事態に思考も身体もついていけていないのだ。何もできないまま、状況は悪化するばかりだった。

いや、嫌っ！　セオさま、セオさまぁっ！

セオフィラスに助けを求める声すら出せない。男に肌を触れられている恐怖で、心がいっぱいになる。

助けて！　助けてっ！

ぎゅっと目を閉じる。

ひたすらこの時間が行き過ぎるのを待つことしかできなかったが、なぜか男の手はそこで動きを止めた。レティーシャの身体にかかっていた重みも消える。

「ちっ……」

盛大な舌打ちとともに、足音が遠ざかった。

助かったの……？

まだ身体は動かない。やがて、レティーシャの近くを光が照らしたのがわかった。そして、馬が駆ける音が近づいてくる。

「ラファイエット家の馬車だ！　急いでっ！」

聞き覚えのある幼い少年みたいな声は、セオフィラスの部下であるエドウィンだろう。

「犯人が近くにいるかもしれません。手分けして捜索を」

もう一つの低い声も知っている。私設騎士団の副団長を務めるアダルバートのものだ。

助けに来てくれた？

「レティ！」

馬車の陰にいたレティーシャに真っ先に気づき、近づいてきたのはセオフィラスだった。

「レティっ。無事ですかっ？」

馬から飛び降りて、セオフィラスはレティーシャに駆け寄り抱きしめた。

「セオ……さま……」

嬉しい。彼が来てくれた。最初に見つけ出し、抱き寄せてくれた。

身体が恐怖を思い出し震えたが、次第にそれは消えていく。安堵《あんど》したからか、涙がポロポロとこぼれ落ちた。

「怪我は……ああ、右肩を強くぶつけたようですね。他は――」

念入りに身体の状態を確かめながら、セオフィラスが表情を曇らせた。

「屋敷で手当てをしましょう。そのときに状況説明を……できる範囲でいいですから」

彼の気遣いだけでも嬉しい。涙を拭《ぬぐ》って何度も頷《うなず》く。今は喋《しゃべ》れるような状態ではなかった。

「――やはり、犯人はレティーシャさんを狙っていたようですね」

馬から降りたアダルバートが声をかけてきた。

「どういう意味だ？」

セオフィラスがアダルバートに険《けわ》しい視線を向ける。

「シルヴィアさんの亡霊の噂が立つようになってから、不審者が出るという情報が頻繁に入るようになりましたのでね。機会があれば、レティーシャさんを狙うかもしれないと」

アダルバートはレティーシャたちのそばで立ち止まると、セオフィラスに不思議そうに言う。

「どうしてそんな顔をするんです？　セオだって気づいていたから、レティーシャさんに近づいたんでしょうに。シルヴィアさんを害した男を捕まえるために彼女に協力してもらっているんでしょう？」

え？

アダルバートが何を言っているのかレティーシャには理解できなかった。

セオフィラスを見ると、いつもの冷静な表情が消えている。狼狽《うろた》えて、何を言ったらいいのかわからないような感じだ。

どういうことかしら？

「それは……私は囮《おとり》ということですか？」

かろうじて出てきた単語を声にする。

アダルバートはレティーシャを見て当然とばかりに頷《うなず》いた。

「ええ、そうです。そもそもこのパーティーだって、あの事件の犯人を捕まえるための芝居じゃないですか。どうも逃げられてしまったようですが、それでもこれで少しは事件解決に向けて進展がありますよ。ありがとうございます」

私は……シルヴィアさんを死に追いやった犯人を捕まえるために、利用されていたということ？

レティーシャはアダルバートの台詞《せりふ》の一つ一つを反芻《はんすう》する。

そうなのね……どうして思いもしなかったのでしょう。浮かれているにもほどがあるわ。これが恋愛なんだと錯覚して、自分の都合のいいように、ひょっとしたらセオさまも私に好意を持ってくれるんじゃないかと期待してしまうなんて。

少しずつパズルのピースがはまっていく。

不眠症を治すというのも建前だったのかもしれない。レティーシャの前だけで眠っているのではなく、本当はちゃんと眠れている可能性もある。

レティーシャはセオフィラスの言葉を素直に信じていたことを後悔した。

彼も自分とシルヴィアが似ていると思っていたみたいだ。レティーシャが目立てばシルヴィアを襲った人物をあぶり出すのに使えると考えたのだろう。だとしたら自分にできることは、ただ真実を知らないままバカみたいにニコニコしているだけだ。

レティーシャはそう結論を出した。

セオさまはシルヴィアさんのために犯人を捕まえようとしていて、私はただの駒にすぎないのね。

やっぱりシルヴィアさんの代わりでしかなかった……

愛されているように感じたのは、自分を通して彼女を思い浮かべていたからだったのだとレティーシャは思い知る。頭を殴られたみたいな衝撃があった。

さっきまでとは別の涙が頬を伝う。

「アダル……っ！　彼女は怪我をしているのです。あなたは心配の声の一つもかけられないのかっ！」

セオフィラスが立ち上がって怒鳴る。

アダルバートの瞳がレティーシャを冷たく捉え、そして笑んだ。

「レティーシャさん。今回は怪我をさせてしまい申し訳ありませんでした。我々の到着が遅れたことは充分な失態であると考えております。今後はこのようなことがないように精進しますので、正式に協力していただけませんか？」

なおも協力を求める言葉に、セオフィラスが激昂《げきこう》した。アダルバートの胸倉を掴む。

「あなたは自分が何を言っているのかわかっているのかっ⁉」

「セオ、あなただって事件の解決を望んでいるはず。この私設騎士団を作ったのだって、シルヴィアさんのためじゃないですか。せっかく事件の糸口を掴んだというのに、みすみす見逃すおつもりで？」

淡々とアダルバートは返す。

「それは――」

「セオフィラスさま」

ゆっくりと立ち上がったレティーシャは、アダルバートの胸倉を掴んだままのセオフィラスの手に自分の手を重ねた。

彼がそういうつもりだったのならそれでいい。恋人としてではなくても、彼の目論見《もくろみ》が成功するように、役に立てることをしたい。

そうして、彼が心の底から安堵《あんど》する顔を見たい。

「私は大丈夫ですから」

予想していたよりも明るい声が出た。レティーシャはそれに押されるように唇を動かす。

「私、囮役《おとりやく》を引き受けますわ。ちゃんと、正式に」

最後まではっきりと言えた。

セオフィラスの手から力が抜けて、アダルバートは自由になる。襟もとをさっと直しながら、アダルバートはレティーシャに向き直った。

「そうおっしゃってくださり、恐縮です。今回はどこで情報が漏れるかわからないがゆえ、あなたに黙っておりました。そのことについては詫《わ》びます」

「いえ、いいんです。ですが、犯人を捕まえられず、残念でしたわね」

不思議としっかりと受け答えができていた。あんなことがあったあとだというのに。

セオさまの役に立つことであれば、迷っていられませんものね。身体もちゃんとわかっているんだわ。

「ええ……。次はもっとしっかり計画の穴を埋めますよ。ご安心を」

アダルバートがセオフィラスを一瞥《いちべつ》した。

その視線には彼の様子を窺《うかが》う以上の威圧が感じられるが、それがなぜなのかレティーシャにはわからない。

セオフィラスがアダルバートに怒ったのは犯人を取り逃がしてしまったからのようだけれど、セオフィラスもこの計画に反対しなかったのではないのか。それでアダルバートに何も言えないのだろう。

セオフィラスは目を伏せていて、何を考えているのかわからない。

「それで、具体的にはどうしたらよろしいのでしょうか？　夜道を出歩く……とか？」

引き籠《こ》もっていたがゆえにこれまで狙われることがなかったのだと考えられる。引き籠《こ》もり令嬢と揶揄《やゆ》されていたくらいだ。社交の場だけでなく街にすら出かけなかった。

狙われやすくするにはと考えての問いに、アダルバートは苦笑した。

「それでは別の事件に巻き込まれかねないので、ご遠慮願いたいです。騎士団の警備体制によって治安は向上しましたが、不埒《ふらち》な輩《やから》がいなくなったわけではありませんから」

「では、どうしたら？」

「今日のようにパーティーで人を集め、そこでレティーシャさんには動いていただきます。警備もしやすいですし、不特定多数の視線の中であれば不審な人物がわかりやすいでしょう。これまでもパーティーのあとで急に不審者情報が増えていますので、レティーシャさんの出席をあらかじめ大勢に知らせ犯人をパーティーにおびき出そうと考えています。詳細はこのあと検討しますので、決まり次第連絡します」

アダルバートと話をしているうちに、セオフィラスは今後の対応のために他の騎士に呼ばれて去っていった。

これでいいのよね。私がセオさまのためにできることは、恋人を傷つけた犯人を一刻も早く捕まえること。シルヴィアさんの呪縛から解放することなんですもの……

セオフィラスを思うからこそ、そうしようと強く言い聞かせる。

レティーシャはアダルバートにシルヴィアの死に関連したこれまでのことをさらに詳しく訊《き》き、囮役《おとりやく》をする契約を交わしたのだった。

＊　☆　＊

結局、犯人を捕らえることはできなかった。

レティーシャを乗せた馬車を護衛しながら、セオフィラスは隣で騎乗しているアダルバートに声をかけた。

「――どうしてこの作戦のことを俺に黙っていたんだ？」

感情を表に出すまいと心がけているはずなのに、怒りが声に滲《にじ》む。自分の動揺ぶりに、セオフィラスはさらに苛立《いらだ》った。

パーティーから帰宅するレティーシャを即座に追いかけることになったのは、エドウィンに言われたからだ。レティーシャのそばにいるんじゃなかったのか、彼女の身が危ない、と。

そこで初めて、セオフィラスはレティーシャを餌《えさ》にしてシルヴィアを襲った犯人をおびき出す作戦のことを知った。

「セオは賛成しないと、わかりきっていましたからね。それに、セオがずっとレティーシャさんについていると思っていたのです」

ああ、このことはラファイエット夫人とオズワルト夫人にも了解はいただいていますよ、と彼は続ける。

アダルバートが彼女たちをどう説得したのかは訊《き》かなかったが、大方セオフィラスにレティーシャを薦めるのを手伝うとでも言ったのに違いない。エドウィンと同様に、アダルバートもセオフィラスがレティーシャに好意を持っていると考えているようだったので。

ちらりと視線を寄越すアダルバートに、セオフィラスはちっと舌打ちをする。

「アテが外れたな」

「そうですね」

答えて、アダルバートはため息をついた。

「――正式に婚約してしまえばいいではありませんか。愛しているのでしょう？　休暇の間、ずっとそばに置いていたそうじゃないですか」

おそらくレオナルドから聞いたのだろう。話がつつ抜けになっていることが面白くない。

「俺にだって事情がある。公爵家の一員でもあるしな。あなたの家のような侯爵家よりも手続きが面倒なんだ」

そう簡単に婚約ができれば、話は変わったかもしれない。今も、あのときも。

イライラして、セオフィラスは髪が乱れるのもかまわず頭を乱暴にかく。

「レオナルドさまからは、そんな話聞いていませんけど」

「兄さまは物事を簡単に考えすぎなんだ。あなただって知っているくせに」

アダルバートはすぐに兄であるレオナルドの名前を持ち出す。アダルバートがセオフィラスの監視のために副団長の座についていることはよく理解しているつもりだが、仕事以外のことに口を挟まれるのは不愉快だ。

「きちんとレオナルドさまに相談なされればいいでしょう？　形式を重んじるのであればなおさら」

「俺は……いや、もういい。仕事の話に戻す」

「ええ。かまいませんよ」

セオフィラスは言いかけた台詞《せりふ》を呑み込んだ。

ここで弱音を吐きたくはない。不審者の情報とシルヴィアの事件を結びつけられず、レティーシャが襲われたのは自分の失態だ。これ以上心を乱されて醜態《しゅうたい》をさらすのは、情けなさすぎる。

セオフィラスは仕事の話に切り替えた。

「エドの話では、今日のこの周辺では設備の不備はないと報告があった。それで一番明るい大通りのあの道をレティに指示したんだ。それなのに、襲撃された場所の街灯は壊れていて、視界が悪かった。どういうことだと思う？」

質問の形をとったものの、セオフィラスの中ではある程度の答えが出ていた。

始めはエドウィンの報告に間違いがあり、以前から街灯は壊れていて犯人がそれを利用したということが頭に浮かんだ。もしかしたら襲う相手はレティーシャでなくてもよかったのかもしれない。

けれどそれよりも、犯人がレティーシャがここを通ると予測し、街灯を壊して待ち構えていたということのほうがずっとありそうだ。つまり、最初からレティーシャを狙い、計画的に犯行に及んでいる可能性が高い。

少し思案するような間があって、アダルバートが答えた。

「セオがあの道を選ぶと予想していたのかもしれませんね。日が昇ってから改めて調査をしますが、街灯は昼の時点では壊れていなかったと思います。エドの報告に間違いがあったとは考えられませんから、彼女を襲うために壊したのでしょう。この道はラファイエット家の屋敷に行くには少々遠回りですが、太くて明るい安全な道。加えて、レイクハート邸にも近いですし」

「アダルはそう考えるか……」

「――シルヴィアさんが襲われたときと似ていますね」

「ああ、そうだな」

指摘をされて、セオフィラスは頷《うなず》く。

シルヴィアが襲われたのも、パーティーの帰り、街灯が壊れた場所でだった。そのときは街灯がいつから壊れていたのかは不明だったが、今思えば彼女を襲うために壊されたのかもしれない。

レティを襲った人物とシルヴィアを襲った人物が同じだとすると、犯人は無差別に襲っているわけではなく、最初から彼女たちを狙っていたということか？

犯人像すら手掛かりがなかったあの事件だが、今回の事件と関連しているのであれば、少しは絞り込めるかもしれない。

「セオ。オレは今回の事件を無駄にはしませんよ。レティーシャさんも協力してくれるようですし、必ず犯人を捕まえて、気を晴らしてください」

その言葉に身を案じている気持ちが感じられて、セオフィラスはふうと大きく息を吐き出した。

「ああ、俺もそのつもりだ」

レイクハート邸の大きな門が見えてくる。雑談を切り上げて、二人は仕事に戻った。


レティーシャを部屋に送り届け、セオフィラスもそこにとどまった。

「レティ、怪我の具合はいかがです？」

ベッドのそばの照明をつけると、レティーシャに向き直った。

「心配いりませんわ。擦り傷と軽い打撲だけですから」

動かしても平気なのでそんな顔をしないでください、とレティーシャの言葉は続いたが、セオフィラスの心は浮かない。

「他には何かされませんでしたか？」

セオフィラスが問うと、レティーシャの肩がびくりと震えた。

「思い出したくなければ、答えなくてもかまいません」

「……ごめんなさい」

よほど怖い思いをしたのだろう。彼女の身体が震え始めているのに気づいた。

何をやっているんだ、俺は。

心配でかけた言葉なのに、逆に彼女を傷つけている。

「レティ、傷が気になるようでしたら、コレットに申しつけてください。治療の手配をしてくれますから」

彼はもう部屋から出ようと決意した。

部屋の明かりは暗いが、照らし出されるレティーシャの悲しげな表情は見ていられない。抱きしめて慰《なぐさ》めてやりたい衝動に駆られるものの、おそらく彼女はそれを望まないだろう。

誰だかわからない人物に乱暴されたのだ。触れられたくないに違いない。男性恐怖症を患《わずら》っているなら、なおさら。

「俺は戻りますね。今夜はゆっくり休んでください。明日の朝はのんびりできるように言いつけておきます」

彼女に背を向けたとき、声が聞こえた。

「セオさま……」

「なんでしょう？」

セオフィラスはあえて振り向かなかった。自分の自制心が弱いことはここ数週間で身にしみてわかっている。

ここで振り向いてしまったら、彼女を押し倒してしまいそうだ。彼女の身体に傷がないか、念入りに調べてしまいそうで。

「……いえ。なんでもありません。おやすみなさいませ、セオさま」

彼女の小さな声は微《かす》かに震えていた。恐怖を思い出させてしまったことが悔やまれる。

「おやすみ、レティ」

セオフィラスは少し早足に彼女から離れ、部屋を出たのだった。

「ごめんなさい、セオ。もうあなたの花嫁にはなれない」

青みがかった灰色の瞳から涙がこんこんとあふれてくる。そんな彼女の顔にかかる赤毛を横にどけ、顔を上げさせた。

「触らないで、セオ。私は汚れている。あなたまで汚れてしまうわ」

セオフィラスの手を払おうと彼女は腕を動かす。

「シルヴィア。あなたはあなただ。俺には汚されたようには見えない。それでいいじゃないか。何もなかった、そうやって忘れて、二人で生きていこう」

「セオ……私は忘れることなんてできない。きっとあなたに触れられるたびにあの男の……ああっいやっ！」

真っ青になり、彼女は頭を抱える。ガタガタと震えたかと思うと、先ほどよりも強くセオフィラスの手を弾《はじ》き飛ばした。

「お願い、セオ。もう近づかないで！　私は耐えられないの。こんな身体……どうして」

泣きわめく彼女に声をかけることも手を差し伸べることもできなかった。

それから数日後、セオフィラスとの面会を拒み続けたシルヴィアは自《みずか》ら命を断った。

またあの夢だ。

昨夜レティーシャを危険にさらした後ろめたさに、かつてのシルヴィアとの記憶が刺激されたらしい。

あれが、生きている彼女を見た最後だったな……

レティーシャに出会ってからすっかりなくなっていたが、久しぶりにあの悪夢を見てしまった。ただ発汗や動悸《どうき》は多少あれど前ほどではないことに驚く。

心配しないでくれ、シルヴィア。俺はあなたの苦しみを他の誰かに味わわせるようなまねをもうしない。

この夢を見たあとはいつも絶望しか感じなかったのに、今は気持ちが前を向いている。それが不思議だ。

セオフィラスがゆっくり目を開けると、外は白み始めたところだった。

ベッドの横をそっと撫《な》でる。隣にレティーシャがいないことを寂しく思うのは、ある種の病気に違いない気がした。

彼女とは恋人でも婚約者でもないのに……

真っ当な精神であれば、未婚の女性を屋敷に軟禁まがいなまねはできないはずだ。それなのに、セオフィラスは無理な理屈でレティーシャをとどまらせ続けている。本人の同意をあとから取りつけたものの、褒められる行為ではない。

「レティ……」

傷ついた彼女を見たとき、はらわたが煮え繰りかえった。

それだけ彼女を案じている自分を強く意識したのだ。彼女を愛おしく思っていると。

そして次は恐怖した。シルヴィアが亡くなったときと同じ過《あやま》ちを繰り返していると気づく。

人目を気にするのは悪いことではない。けれど、今回もレティーシャと付き合っていないことをアピールするのを優先して、それが不幸を招いた。誰になんと言われようと、自分が彼女を送っていけばよかったのだ。

シルヴィアのときだって、婚約していない以上おおっぴらにオズワルト邸まで送るわけにいかず、それが遠因となって事件に遭《あ》わせてしまったのに。

避けられたはずだった。

だけど避けられなかった。

問題はそれだけではない。セオフィラスは拳《こぶし》を作る。

レティに囮役《おとりやく》をやるだなんて言わせてしまった。あんなふうに迫られたら、おとなしい彼女は絶対に断れないというのに。

「くそっ……」

シーツに拳《こぶし》を振り下ろす。

レティーシャが襲われたことに動揺し、つっ立ったままだった自分がうらめしい。

利用するために近づいたわけではないとレティーシャに否定することができなかった。囮役《おとりやく》を引き受けると言い出したとき、もう充分だとやめさせるべきだった。危険だから、無理する必要はないからと、間に割って入って止めるべきだったのに。

ただ、アダルバートをレティーシャから引き離すことができなかった理由は、動揺していたからだけではなかった。

正式に事件解決の手助けを申し出た彼女に迷いを感じなかったからだ。

アダルバートの強引さに流されただけのはずなのに、自分に都合よく解釈しすぎだと今なら感じられる。けれど、あのときは本当にそう見えたのだ。彼女の瞳にははっきりとした決意があって、自分の意志でそうするのだと表明しているかのようだった。

今からでもレティーシャをやめさせることは可能だ。

だが、レティーシャの本心がどこにあるのか、セオフィラスには見えない。

もし、レティーシャが心から囮役《おとりやく》をやろうと決心しているのに、その仕事を奪ったらどういう態度をされるだろう。

危険だからとそこから遠ざけてばかりでは、過保護なレティーシャの姉たちと同じになる。

一方で、有無を言わさず囮役《おとりやく》を引き受けさせたのではないかという疑いも拭《ぬぐ》いきれない。あたかも初めからレティーシャを利用するために近づいたかのように、アダルバートが説明していたのだから。

「俺は……どうしたらいい……？」

自分しかいない部屋で、セオフィラスは今にも泣き出しそうな声で呟《つぶや》いた。

第七章　不眠症騎士の兄と弟

「今日は仕事に行くのか？　セオ」

朝食を簡単に済ませ、廊下に出たところでセオフィラスはレオナルドに出くわした。

騎士団で使っている制服を着ていたためにそう問われたのだろう。兄に見つからないように先に食事をしたセオフィラスは、苦笑した。

小言は結構なんだが。

すぐにでも屯所《とんしょ》に出向き、昨夜の事件の調査に加わりたかった。休暇を返上して、犯人を捕まえたい。レティーシャを危険な目に遭《あ》わせないためにも。

「ええ。昨夜の事件にレティが巻き込まれた以上、ここでのんびりしてはいられないですから」

短く説明をし、一礼する。レオナルドの横を通り過ぎようとしたとき、さっと手首を掴まれた。

「セオ。お前はレティーシャさんのそばにいたほうがいいんじゃないのか？」

諭《さと》すような言い方に、セオフィラスは苛立《いらだ》った。レオナルドの手を力任せに振りほどく。

「俺が彼女のそばにいても何もできません。少しでも手がかりを見つけ、犯人を捕まえるのが俺の仕事ではありませんか？」

腹を立てているのを隠しもせず怒鳴ると、レオナルドは悲しげな顔をした。そしてサファイアの瞳に失望を滲《にじ》ませて、セオフィラスを見つめる。

「そうやって逃げるのか？」

そう問われて、セオフィラスはレオナルドを睨《にら》んだ。

「彼女は男性恐怖症なんです。襲われたせいで確実に悪化しています。俺がそばにいたら、怖くて仕方がないでしょう。俺だって、彼女が望まぬことをしたんです。そっとしておいたほうがいい」

「お前がそばにいることで治りかけていたのに、か？」

「状況が違うだろ！　ほっといてくれっ！　……失礼します」

逃げたと思われても仕方がない。だが、レティーシャと向き合う勇気は今のセオフィラスにはなかった。追い詰めて、死なせてしまうよりはずっといい。

もう失いたくないんだ。たとえ自分のものにならなくても。

レオナルドの制止の声も聞かず、セオフィラスはその場を立ち去った。

＊☆＊

あんな感情的なセオさまを初めて見た……

立ち聞きをするつもりは微塵《みじん》もなかったが、階段を下りたところでセオフィラスとレオナルドの話し声が聞こえ、レティーシャは出ていくタイミングを逃してしまった。結局二人の会話が終わるまでそこで立ち尽くす。

一度部屋に戻ろうかしら……

今食堂に行ったら、レオナルドに会ってしまう。そうしたら、立ち聞きをしていたことに気づかれるかもしれない。

「――お時間を調整すればよろしかったですね……申し訳ありません、レティーシャさま」

立ち聞きに巻き込んでしまったコレットに、困った声で話しかけられた。ばつが悪そうなのは、同じく立ち聞きしたことに対する罪悪感からだろう。

「ああ、気にしないで。コレットは悪くないわ」

よく眠れなかったので、早めに朝食をとりたいと言い出したのはレティーシャだ。

食事をする気分ではなかったのだが、落ちこんだときこそ美味《おい》しいものを食べたほうがいいことを経験的に知っている。ここはしっかり食べて、気持ちを切りかえようと考えての行動だった。

部屋で食べることにすればよかったのかもしれないが、あとの祭りである。

「とりあえず、出直しましょうか」

レティーシャは提案し、引き返すべく階段に足をかけた。

「おはよう。レティーシャさん。昨夜は眠れたかな？」

いきなり声をかけられて、身体がびくっと強張《こわば》った。ゆっくり振り返る。

長めの銀髪、サファイアの瞳。セオフィラスとは違って女性的な美貌の青年が、レティーシャを見ていた。優しげな雰囲気なのに、威圧感を覚えるほど迫力のある視線が、逃さないという意思を伝えてくる。

「ご、ごきげんよう、レオナルドさま。昨夜はあまり眠れませんでしたが、私なら元気ですわ」

どう答えるのが正解なのかわからず、レティーシャは慎重に言葉を選んだ。

「そう。顔色も悪くはなさそうだし、それならいいんだ」

にっこりと微笑んでいるが、そこに温かみを感じない。

どうすればいいの……

部屋に戻るにも戻れなくなり、レティーシャは背の高いレオナルドを見上げる。

「一緒に朝食をどうかな。セオじゃなくて申し訳ないんだけれど」

「申し訳ないだなんてとんでもない。喜んでお受けいたしますわ」

元気だと答えてしまった手前、気分が優れないと言って断ることはできない。だとすれば、ここは精一杯微笑んで誘いを受けるしかなかった。

「よかった」

差し出される右手はもう部屋に戻すつもりがないことの意思表示だ。

頑張れるかしら……いいえ、頑張らないと。これくらいできないようでは、囮役《おとりやく》なんてできませんわ。

これもセオフィラスのため。やると決めた以上、貫きたい。やれることはきちんとやりたいのだ。

レティーシャはレオナルドの右手に自身の手をそっと乗せ、エスコートを頼んだ。

朝食を当たり障《さわ》りのない会話で、つつがなく終える。

けれど、部屋に戻ろうと立ち上がったとき、レオナルドに声をかけられた。

「レティーシャさん」

「はい？」

距離の近さに少し抵抗を覚えながらも、それが表情に出ないように笑顔で武装する。

セオフィラスが近くにいても不快感を覚えなくなったのに、レオナルドだとやはり身体が強張《こわば》ってしまう。それなのに階段で出くわしてから、妙に距離が近い。

「午後、一緒にお茶をしませんか？」

コレットに誤解されそうな誘いである。レティーシャは断ろうと思った。

「今日の午後もセオフィラスさまと一緒にいると思うのですが」

立ち聞きをしたところによれば、午後もセオフィラスは屋敷に戻らない。そうわかっていても、知らないふりをしたほうがいいと判断した。

「おや。セオは屯所《とんしょ》に向かったよ。昨夜の事件の調査だと言っていたけれど……知らなかったのかい？」

逆に問われてしまった。

少し迷って、レティーシャは頷《うなず》く。

「ええ。何も聞かされておりませんわ」

「なるほど……。君を事件から遠ざけたつもりなのかな」

「どういう意味ですか？」

レオナルドがニヤッと笑った気がして、レティーシャは問う。

セオフィラスが何も言わずに出ていったことについて、何か思うところでもあるのだろうか。

「セオが君をとても大事にしているという意味さ」

「大事……そうですね。囮役《おとりやく》ですから、私」

囮《おとり》として利用している以上、怪我をさせてはならないとセオフィラスは考えていそうだ。事件解決のためとはいえ、無茶を要求するつもりがないことくらい彼のそばにいたらわかる。セオフィラスは優しい人だ。

「囮《おとり》？　セオはそう考えてはいないと思うが」

本当に？　だったらどうして近くにいてくださるの？

一瞬期待しかけて、すぐに心を落ち着かせる。

レティーシャは困った顔を作った。

「レオナルドさままで私たちのことを誤解しているのですね。私と彼は恋仲ではないのです。セオフィラスさまもそう明言されているはず。あまりそのようなことをおっしゃってほしくはありませんわ」

彼の迷惑にならぬよう、本心を隠して心底不快そうな口調で告げる。こういう演技が男性の前でできたのは、セオフィラスのおかげである。その事実が皮肉に感じられた。

こんなことを言えるようになりたくて彼のレッスンを受けていたわけではないけれど。

心が軋《きし》む。

「――やはり、君とはきちんと話がしたいな。改めてお茶にお誘いするよ。どうかな？」

再度お茶に誘われて、レティーシャは口籠《くちご》もった。

レオナルドはなんの話をしようというのだろうか。

私には話すことなどありませんけれど……

黙っていると、レオナルドがすっと顔を寄せてきて、耳もとで囁《ささや》いた。

「セオについて大事な話がある。ここでは二人きりになれないから言えないんだ。察してくれ」

深刻そうな声に、心が揺れた。

二人きりじゃないと言えないこと？

レオナルドが何を言おうとしているのかは想像できない。しかし、レティーシャの不安を煽《あお》るには充分だった。

レオナルドの顔はゆっくりと離れる。目が合うとにっこりと笑った。

「どうしても嫌なら、日を改めるが」

「……承知しました。どちらに伺えばよろしいですか？」

レティーシャが頷《うなず》くと、レオナルドは上機嫌で近くに待機していたコレットに指示を出した。

どんな話なのだろう。

落ち着かない気持ちのまま、レティーシャはその時間が来るのをおとなしく待った。

午後、レティーシャは指定されたテラスに到着した。

天気は晴れやかで心地よい陽射しが降り注いでいる。涼しげな風は穏やかで、お茶をするにはちょうどよさそうに感じられた。

テラスにはすでにレオナルドがおり、レティーシャに柔和な微笑みを向ける。

「ようこそ、レティーシャさん」

「お招きありがとうございます」

どうぞ、と勧められてレティーシャは近くの椅子に腰を下ろした。ここまで案内してくれたコレットが立ち去る。

それを合図に、レオナルドが喋《しゃべ》り出した。

「ここでの生活は慣れたみたいだね。以前は緊張されていたのに、今日はとても落ち着いていらっしゃるようだ」

「おかげさまで。いろいろとよくしていただき、いつも感謝しております。本来であれば、私のような身分の者をこれほど長く滞在させるなんてありえないことでしょう。どうお礼をしたものかと、恐縮しております」

これまできちんとお礼を述べたことがなかったと思いいたり、レティーシャは告げる。

セオフィラスの講義の成果は、こういうときの受け答えがあがらずできるようになった点に反映されているとしみじみ感じた。

ここで生活をする前だったら、男性と二人きりにされた時点で頭が働かなくなり、身体も動かなくなっていた。最悪の場合、気絶することだってあったのだから、これは大きな進歩だ。

「礼だなんてとんでもない。君と関わってから、セオは随分と笑うようになった。騎士団長に就任してからはずっと疲れた顔をしていたんでね。兄としては心配していたんだよ。こちらこそ感謝している」

レオナルドはそう言った。心の底からセオフィラスを案じていたらしいことが態度から伝わってくる。

彼の言葉を信じれば、多少はセオフィラスの役に立てているようだ。レティーシャは少し自信を持った。

「君のあがり症も随分と改善しているようだね。それに、デビューのときと比べてとても綺麗になったとも思うよ」

あがり症であることを知られていた恥ずかしさと、褒められて照れたことで、レティーシャの体温が僅《わず》かに上がる。

自分ではうまく隠しているつもりだったのに、レオナルドには気づかれていたらしい。

彼と初めて顔を合わせたのは社交界デビューのパーティーだったはずだ。あのときは緊張でガチガチになっていたもののマナー通りに動けていたと信じていたのに。

もっともレオナルドはあがり症だと言ったが、男性の前限定で起きるので、正確にはあがり症ではないとレティーシャは思う。男性を怖いと感じていたことが原因なのだ。

そんな反応を見て、レオナルドはクスクスと上品に笑う。

「本当に可愛いお嬢さんだ。セオの好みは悪くない」

「あ、あの……今朝もお伝えしたはずです。セオフィラスさまとはそういった関係ではないって」

少なくとも、恋人ではない。

互いを必要として契約を交わしているだけの間柄。ビジネスパートナーと言い換えることができそうな仲だ。

「僕の前で隠す必要はないよ？」

「ですが、偽りではないので……」

恋人だと宣言できればレティーシャとしては嬉しい。けれど、セオフィラスからすれば迷惑でしかないだろう。

申し訳なさそうに小声で返すと、レオナルドは不思議そうな表情を浮かべる。そして置かれたティーカップを手に取った。

「君は何を気にしているんだい？」

レオナルドはレティーシャの想いを少なからず察しているようだ。

……何を、とおっしゃられても、全部としか答えられませんわ。

どこを取っても不釣り合いに感じられる。彼のそばにずっといられればと願っていても、彼にふさわしい人はきっと他にいるという考えが消えない。それこそ、シルヴィアがよかったはずだ。

彼女はもうこの世界に存在しない。だけど、セオフィラスに一番似合っていただろう人。

周囲の人たちの噂でもよくわかる。自分は抱き枕であって、恋人ではないのだ。

黙っていても怪訝《けげん》な顔をされ続けるだけなので、レティーシャは当たり障《さわ》りのない理由を挙げることにした。

「私は伯爵家の人間です。姉たちの活躍もあって、今はそこそこ裕福ではありますが、レイクハート家に嫁《とつ》ぐには……その、不足かと……」

あまりにもまっすぐレオナルドが見つめてくるものだから、レティーシャはだんだんと言いにくくなって視線を外した。

私の言っていることは間違っていないはずだけど……。変なことを言ったかしら。

政治的にはラファイエット家にメリットはあるが、レイクハート家には大したメリットはない。公爵位を持つ家柄で、王家とも繋がっているのだから、レティーシャを嫁にもらう必要はないはずである。もっと良い家柄の娘から選べるし、そうでなければ事業で大きく躍進しているような家の娘を選ぶべきだろう。

なぜなら、公爵家の次男であるセオフィラスは、未婚の兄のレオナルドの次に爵位の継承権を持っている。もっと賢い花嫁選びを期待されているのではないか。

「それはどうかな。僕は君なら歓迎するけれど。父上も認めると思う。なのに、何が君にとって障害になるというのかな？」

改めて問われると困った。次の言い訳を考えなければならない。

それに……結婚を考えているのなら応援してもよいという話に聞こえてしまったが、気のせいだろうか。

とんでもないことであるが、もし応援してもらっているのであれば、失礼のない返答をしなければならない。こんなにもよくしてもらったのだ、恩を仇《あだ》で返すような態度は避けたかった。

だけど、言い訳を続けても……仕方がありませんね。

何を言っても悪手のような気がしてレティーシャはしばらく口籠《くちご》もって悩んだが、最終的には素直な気持ちを告げるのがいいと結論づけた。

きっと今が、正直に話すことができる貴重な時間なのだと悟る。

レティーシャは一つ息を吸うと、小さくはあるがはっきりとした声で喋《しゃべ》り始めた。

「私自身は、セオフィラスさまを支えることができるなら、どんな形であれ嬉しく思います。ですが……私にはセオフィラスさまのお気持ちがわかりません」

セオフィラスに協力する見返りとして、恋人同士がすることの講義を受けることになった。

彼は第一印象通りの優しい人だ。そして律儀な人でもある。愛情があるわけではなく、利用する見返りとしてレティーシャを成長させるため恋人の真似事をしてくれているのだろう。レティーシャのことを思ってくれていることには違いないが、それに甘えてこのまま居座ろうなどと考えてはいけない。

そもそもレティーシャは囮《おとり》として期待されていたのだ。シルヴィアの事件を解決するための駒。いずれにせよ、たんに彼女の代わりでしかない。

正直な気持ちを声に出すと、泣きたくなってきた。でも、今泣くわけにはいかない。

「セオは戯《たわむ》れで女性に手を出すような男ではないよ。ましてや、君のような真面目なお嬢さんを屋敷に引き留めてまでだなんて」

レオナルドの声は安心させるようなもののはずなのに、素直に受け入れられない。

「そ、それはその……私がシルヴィアさんの事件の解決に役立つからそうしているだけで……」

「それはセオの真意じゃない。セオがそう告げたわけではないのだろう？」

「そうですが……」

言われてみればそうだ。眠るために必要だとは頼まれたが、囮《おとり》になってほしいとは一言も告げられていない。

シルヴィアの事件だって、レティーシャが聞いたのはコレットからであり、セオフィラスから聞かされていたわけではなかった。

「君はセオを信じられないのかい？」

責める気配はなく、どこか寂しそうな口調でレオナルドが問いかけてくる。様子を窺《うかが》うように首を傾《かし》げ、長めの銀髪をさらさらと揺らした。

「信じられないわけではありません。もちろん、レオナルドさまの言葉も」

「ふむ……」

レティーシャの返事に、レオナルドは小さく呟《つぶや》くと紅茶を啜《すす》った。

しばらく沈黙が続く。

気まずい時間は、どんなに短いものでも長く感じられる。レティーシャが黙ったままでいると、ティーカップをテーブルに置いたレオナルドが口を開いた。

「――少しだけ、セオの昔話でもしようか」

場を和《なご》ますためなのか、唐突にレオナルドは語り出す。

「君は気づいていないようだけど、セオとは異母兄弟なんだ。彼は父と使用人との間の子どもでね。母親は彼を産んですぐに体調を崩して亡くなったから、父がレイクハート家の一員として引き取ったんだよ」

さらりとした発言に、レティーシャは驚きで目を見開いた。

レオナルドは続ける。

「僕の母親もあまり丈夫な人ではなく、二人目を産むのは難しい――そう判断したからとも聞いている。だけど、しばらくして末弟のランドルフを出産。僕には二人の弟ができた。セオは父に似ていて、僕とランドルフは母に似ていたから、周りには異母兄弟だとは知られていないみたいだね。知っているとすれば、古くから仕えてくれている使用人たちくらいか」

「……セオフィラスさまはご存知なのですか？」

「もちろん。それに、ランドルフも知っている。そんなことがあってか、ランドルフはセオを嫌っていてね。喧嘩が絶えないものだから、ランドルフを留学させたのだけど」

やれやれといった様子でレオナルドは肩を竦《すく》めてみせた。彼は弟たちの面倒をよくみているよい兄のようだ。

「セオはセオで、変に気を遣ってくるんだ。母親が使用人ってことを後ろめたく思っているのか、常に品行方正であろうと気張っていてね。僕を支えていくつもりみたいで、いつもいろいろと立ててくれる。僕にもしものことがあったときの後継ぎとしても、自分よりもランドルフを、と言っているしね。自分のことよりも、周りを優先するんだ」

セオフィラスという人間が、レオナルドの言葉からよりはっきりとしてきたような気がした。レティーシャが感じてきた人物像からそれほど離れておらず、背景が見えてきたことでさらにくっきりとしてくる。

「そんなヤツだから、君をぞんざいに扱うようなことはしないと僕は信じている。セオなりに考えがあって君をここに置いて愛《め》でているんだろう。レティーシャさん、セオを信じてついてやってほしい」

「はい……」

レティーシャが頷《うなず》くと、レオナルドは苦笑する。

「僕はシルヴィアさんのときは応援してやることができなかった。だから余計に君にちょっかいを出したくなるのかもしれない。セオはもっと自分の幸せに愚直になっていいと思うんだ。もちろん君も、ね」

そう告げてレオナルドは室内で待っていた使用人に合図を送って立ち上がる。

「すまないが、次の用事があるので失礼するよ。好きなだけゆっくりしていってかまわないから」

穏やかな微笑みを浮かべ、彼はテラスから出ていった。


そして、夜が来る。

いつもなら一緒に夕食を食べるのに、この日食堂にセオフィラスの姿はなかった。

帰宅していないということは、犯人が捕まっていないということだろう。

食欲はなかったが、美味《おい》しい食事をできる限りお腹に詰め込んでレティーシャは部屋に戻る。

今夜は来てくださらないのかしら……

イブニングシュミーズに着替え終えると、レティーシャは部屋で彼が帰るのを待つ。コレットは下がってもらったので、一人っきりだ。

事件のせいでレティーシャが怖がっていると思っているみたいだったが、そんなことはないと伝えなくては。

確かに身体はあのときの恐怖を思い出して反応してしまうかもしれない。でも、それをセオフィラスにかき消してもらいたかった。男の人は怖くないのだと、教えてほしかった。

ベッドに寝転んでいたレティーシャだったが、むくりと上体を起こす。

「セオさまの部屋に行ってみましょう」

それは自分の都合だけではない。彼が本当に眠れずにいるんじゃないかと思うと心配であるし、事件がどのあたりまで明らかになっているのかを直接訊《き》きたかった。

彼が帰ってきているのか確認だけでもしよう。待っていても不安なだけだ。

レティーシャはショールを肩にかけると、セオフィラスの部屋に向かって歩き出した。

セオフィラスの部屋には難なくたどり着く。

昼間にも来たことがある場所だが、夜のこの時間帯はとても静かで人の気配を感じない。

レティーシャは慎重にドアをノックした。

返事はない。もう一度ノックする。

「レティーシャです。あの……セオさま、いらっしゃるのでしたら一目だけでも……」

あまり大きな声で告げると、誰に聞かれるかわからない。ふだん喋《しゃべ》っているくらいの音量で呼びかける。

中で音がした。やがて静かにドアが開く。

「……レティ？」

ドレスシャツにトラウザーズという下着姿のセオフィラスが顔を出した。目を丸くして、レティーシャを見る。

「セオさま」

顔を見られたことに安堵《あんど》して、レティーシャはにっこりと微笑んだ。

よかった。帰っていらしたんだ。

彼に会えたことを喜んでいると、ドアが大きく開いた。そして中に引き込まれる。

「レティ」

次の瞬間にはしっかりと腕の中に抱き留められていた。

レティーシャの胸がドキドキする。

「セ、セオさま？　どうなさったんですか？」

レティーシャの持っていた明かりが揺れて、二人の影を揺らした。

「少しだけでいい。温《ぬく》もりを分けてくれ」

「は、はい」

切ない声にレティーシャは意味が理解できないまま頷《うなず》く。

セオフィラスは腕を一度ほどき、レティーシャが持ってきていたランプを取って床に置いた。そして無言のままレティーシャを抱き上げると移動し始める。

「あ、あのっ……？」

影になっていてセオフィラスの顔がよく見えない。

薄暗い部屋を進み、やがてレティーシャは柔らかな場所にそっと下ろされた。背中にあたる感触から考えるに、ベッドの上のようだ。

自分がどういう状況にいるのかを考えているうちに、セオフィラスがレティーシャに覆《おお》いかぶさる。

「ごめん……レティ。嫌だったら拒んで」

返事をする前に唇を塞《ふさ》がれる。

いきなり貪《むさぼ》るような激しい口づけを受けて、レティーシャは戸惑《とまど》った。

セオさま？　どうなさったの？

驚き戸惑《とまど》ったが嫌悪感はない。ここに来るまではセオフィラスが相手でも拒絶反応が起きるのではないかと怖かったが、今は自分よりも、様子のおかしいセオフィラスのことのほうが気にかかる。

彼から苛立《いらだ》ちを感じた。やりきれない思いをぶつけられているような気がする。

セオフィラスの舌が唇の間を割ってくるので、力を抜いて彼を招く。

舌が歯列を丹念になぞり、さらに口を開けると、奥へ入り込んだ。

「んっ……」

目を閉じて舌の動きに気を取られていたら、胸もとに刺激が加わった。意図せず鼻から甘い吐息が抜ける。壊れ物を扱うかのように胸を撫《な》でる手がくすぐったい。

こういう場合はどうしたらいいのか。

されるがままではなく、何か返したほうがいいのだろうか。だけど、下手に動いたら拒絶しているみたいになってしまわないか不安だ。

でも、なんだか、私もヘンな気分に……

舌で上顎《うわあご》の奥あたりを執拗《しつよう》になぞられた。

息苦しさ以上にゾクゾクとして、頭が働かなくなってくる。

彼の右手はやがて胸を揉み込むように動き出す。大きな手のひらに包まれた胸が彼の体温を受け取っている。汗でしっとりとしていて、肌に吸いついているようだ。

え、待って。直接触られて……？

彼の唇が離れた瞬間、声が漏れた。

「あっ、やっ！」

ナイトシュミーズの肩紐がずらされて、胸があらわになっていることにやっと思い至る。

「レティ……」

セオフィラスの息が上がっている。それが興奮しているからだと、ぼんやりした思考の中でも理解できた。

「はぁ……セオ……さま……」

「ごめんね、レティ……」

悲しげに笑って、レティーシャの首筋に優しく口づける。胸を揉み続けていた手が動かなくなると、寝息が聞こえてきた。

少なくともセオフィラスがレティーシャといると寝られているという言葉に嘘はない。

「……どうして謝るの……？」

眠る直前まで意識していたのか、レティーシャの身体に彼の重みがかかることはなかった。セオフィラスはレティーシャの横に転がっている。手は胸に伸びたままで。

レティーシャは直に触れられていたのを改めて確認すると、その手を退けることなく自身の手を重ねた。

セオさま。私の鼓動、伝わっていますか？　こんなに激しく脈打っているのは、あなたが怖いからではないのですよ？

「私は、あなたが心地よく眠れるのであれば、抱き枕でもかまいません。だから、もう謝らないで。セオさま……」

部屋に戻るべきなのかもしれないと思いつつもレティーシャは目を閉じる。少しでも長くそばにいたかった。

＊　☆　＊

部屋に差し込む朝陽を感じてセオフィラスは目を覚ました。

悪夢にうなされることもなく、目を開けてすぐに目に入ったレティーシャの穏やかな寝顔に気持ちがほころぶ。

しかし、彼女のナイトシュミーズが着崩れて半裸状態になっているのに気づき、狼狽《うろた》えた。

肩紐がずれてはだけている。隠されていない白い肌はとてもまぶしい。まるい膨らみの頂上は薄桃色に染まっていて、口に含んでみたくなるほどに美味《おい》しそうだ。

理性が負けそうになって視線を外す。その先は彼女の足もとであったが、裾がまくれて太ももの辺りまで肌が見えてしまっているのを見て、慌ててベッドを出た。

「理性が仕事をしていないな……はあ……」

ため息が出る。どうして彼女は自分を警戒しないのだろう。知識がないにしても、こんなに無防備でいいものなのかと八つ当たり気味に思う。

誰にでもこういう態度をとるわけじゃないことは、知っているんだが……

レティーシャの顔にかかる赤毛を背中に流してやる。くすぐったそうに身体が動いた。

「あなたが欲しい、レティ」

けれど、すべてを終わらせ気持ちにケリをつけなければ、絶対に最後まではできない。

彼女の男性恐怖症を助長させるだけだとわかるからだ。初めてのときは、憂《うれ》いなく愛し合いたい。

「レティ、ごめん……」

また眠ってしまうかもしれない。それでも我慢ができなくて、レティーシャにそっと口づけた。

夢だったと思ってくれ。こんなのはフェアじゃないとはわかっているんだ、レティ。

軽く触れるだけのつもりだったのに、彼女が眠ったままなので再びキスをする。軽く唇で食《は》むと、小さな呻《うめ》き声がした。

「んっ……」

レティーシャが目を開ける。青みがかった灰色の瞳に光が宿った。

「セオさま?」

「おはよう、レティ」

顔が近い。しかしすぐには離れたくなかった。

「おはよう……ございます……」

みるみるうちに顔が赤くなっていく。

可愛い。

触れたくなるのを堪《こら》えて、セオフィラスは離れた。ベッドからもきちんと距離をとる。

「昨夜はすまない。その――」

レティーシャの乱れた格好が視界に入った。慌てて窓の外に目を向ける。

「あ、謝らないでください。講義の一環でしたのでしょう? 私が抵抗しないのが問題なので、お、お気になさらず」

衣擦《きぬず》れの音がする。着衣が乱れていたことに彼女も気づいたらしい。

「いや、そういうことではなくて……」

どう説明したらいいのだろう。素直に「襲いたくなった」と告白すればいいのだろうか。

だが、それは彼女を傷つけるのではないか？

男性恐怖症を治すためというにはやりすぎた行為だ。抱きたいと思ったからそうしたと告げられたら、レティーシャだってショックだろう。

それに、事件のあとである。ここで信頼関係を壊してどうするんだと、自分を責める。

セオフィラスが言葉を必死に選んでいると、レティーシャが先に口を開いた。

「眠るために必要なのでしたら、触れてもいいですよ？　私、抱き枕令嬢だなんて噂されているくらいなんですから、遠慮しないでください」

明るい声で言われて、本能がざわついた。セオフィラスは前髪をかき上げて、自身の額《ひたい》に手を当てる。

「そういうことを言わないでください！　不名誉なあだ名で呼ばれることになった責任は俺が必ずとります。ですから、あなたはもっと俺を警戒したほうがいい。抱き枕の意味、あなたはわかっていないでしょう！」

言うことは言わねばと思って顔を背《そむ》けたまま怒鳴ると、足音が背後で聞こえた。

「え？　一緒に寝るってことでしょう？」

そのくらいわかっているつもりだと言いたげな口ぶりでレティーシャが問う。

「文字通りの添い寝の意味じゃないですよ」

やはり彼女はわかっていない。だからこうして無防備なまま近くに来てしまう。

「む、胸を揉まれるくらいなら問題ないですっ。セオさまの手って大きいから、私ではちょっと物足りないかもしれませんけれど……」

セオフィラスの背後に立ったレティーシャが困ったような口調で説明する。

変な汗が出た。

勢いでやってしまったことを、覚えられている……

不覚である。欲望のままに彼女に触れたつもりはないが、できるなら忘れてほしかった。

「レティ……言っておきますが、触るのは胸に限ったことではありませんよ」

いちいち説明するのは恥ずかしい。いつも実践ではぐらかしてきたのもあって、余計に羞恥心《しゅうちしん》を煽《あお》られる。

「セ、セオさまであれば、えっと……たぶん、どこでも大丈夫だと思いますけど……」

「あなたは俺の理性を試しているんですか？」

「け、決して、そういう意味では」

慌てて否定する声がした。

震えている。怒るような口調で言ったから、怖かったのだろうか。

セオフィラスはレティーシャを案じて振り向く。すると彼女のほうから抱きついてきた。

「で、でも、私、セオさまに無理をしてほしくないです。私ができることなんて大したことはないでしょうけれど、それでもあなたの力になりたいの」

レティーシャがセオフィラスの胸に顔を埋《うず》め、必死な様子で早口に告げた。背後に回る腕に力が籠《こ》もる。その力の強さに、彼女の想いが表れているような気がした。

「俺の力に……？」

問えば、胸に顔をこすりつけるようにしてレティーシャは肯定する。

「セオさまが当たり前の生活を当たり前に送れるよう、私の力で少しでも変えられたらいいと願っています。囮役《おとりやく》だって……私で務まるかわかりませんけど、精一杯やり遂《と》げてみせますから。だからセオさま、私をもっと頼って」

……そんな理由で囮《おとり》になろうと？

セオフィラスは彼女の気持ちを誤解していることに気づいた。

レティーシャは自分の意見を言えない少女だ。だから成り行きで囮役《おとりやく》を引き受けると答えてしまったのではないかと考えていた。

だが、自分でそれを選んだのだったら？　しかも、俺のために。

セオフィラスはそっと彼女の腰に手を回した。

「レティ。お気遣いありがとうございます」

彼女の耳もとで囁《ささや》くと、身体の震えが伝わってきた。

「ですが、俺はあなたが傷つくところを見たくはありません。他人から傷つけられるあなただけでなく、俺によって傷つけられるあなたさえも」

腰に触れていた手を、身体の線に沿うように上へ撫《な》でてレティーシャの頬に触れる。そのまま顔を上げさせた。

困惑で揺れる目が合う。

「不用意に傷つけたくないのです。今の俺では、あなたを最後まで気遣うことができない。何者かに襲われたあなたに触れるのが怖いのです。一瞬で壊してしまいそうで」

「ですけど、私――んっ」

レティーシャの口を塞《ふさ》いで、台詞《せりふ》を遮《さえぎ》る。

これが卑怯な方法だということはセオフィラスにもわかっていた。でも、それ以外の手段が思いつかなかったのだ。

何度か角度を変えて唇を甘く噛んで離れる。

しっとりと濡れた灰色の瞳にはセオフィラスが映っていた。

「まだ、キスだけで。これ以上は、レッスンではなくなってしまうから。わかって、レティ」

告げて、彼女を解放する。これ以上触れ合っていると、レティーシャを押し倒してしまいそうで怖かった。

「……セオさま」

悲しげな顔で見つめられる。その時間は随分と長く感じられたが、やがて彼女は目を伏せて頷《うなず》いた。

「わかりました。あの……私にできることがありましたら、なんでも言ってくださいね」

「ええ、そうします。約束ですよ」

レティーシャの頭を優しく撫《な》でる。

少しは気持ちが伝わっているといいと願った。

＊　☆　＊

セオさまの様子がおかしいみたい……

レティーシャは午後のお茶をテラスで飲みながら、今朝までのことを思う。出会ってから日が浅いので、なんとなくそう感じるとしか言えないのがもどかしい。

レティーシャが事件に巻き込まれたことでシルヴィアを思い出してつらいのだろうか。

セオフィラスの真意がわからない。彼は何を考えているのだろう。

あのあと彼は事件の進捗《しんちょく》を説明し、朝食をとったらすぐに屯所《とんしょ》に出かけてしまった。

ティーカップが唇に触れる。レティーシャは情熱的なキスを思い出した。

それに……もっとセオさまに触れてもらいたいと思うのは、はしたないことなのかしら。

寝起きの勢いでその気持ちを伝えたら、怒られてしまった。セオフィラスにとっては望まないことだということだろう。

何がいけなかったのかと、ふう、とため息が出た。

「レティーシャさま、今日の紅茶はお口に合いませんでしたか？」

隣で控えていたコレットが不安そうに問う。お茶を飲みながらだったので、誤解させてしまったようだ。

レティーシャは首を横に振って否定する。

「ううん。違うの。考え事にふけっていたら、つい」

「恋煩《こいわずら》いですか？」

「どうかしらね」

恋かと問われるとよくわからない。今までこういう気持ちになったことがなかったから。

セオフィラスに好意を持っていることはわかるものの、恋人になりたいという気持ちがあるかと訊《き》かれてもイメージが湧かないのだ。

苦笑すると、コレットは首を傾《かし》げた。

「セオフィラスさまのことでしたら、レティーシャさまのことを愛していると思いますよ？　いろいろな都合でそれを表に出せないだけで」

「いろいろな都合って、シルヴィアさんのこと？」

「ええ。真面目な方ですから、犯人を捕まえてけじめをつけるまでは恋愛しない――とでも誓っているのでしょう。恋なんてふいに落ちるものですのに」

コレットにはそんな経験があるのだろうかとレティーシャは疑問に思う。それを尋ねようかと口を開いたときだった。

「おっ。噂の抱き枕令嬢はここか！」

急に声をかけられて、レティーシャは大きく身体を震わせる。声のしたほうへゆっくりと振り向く。

テラスの入り口に一人の青年が立っていた。

短めの銀髪、サファイアのような色の瞳。整った顔立ちながら目つきは鋭く、好戦的な印象を与える。その相貌《そうぼう》にはセオフィラスとレオナルドの両方の面影《おもかげ》があった。

「ど、どちらさまでしょうか？　い、いきなり、その、あだ名で呼ばないでいただきたいんですけど……」

レティーシャの声がどんどんしりすぼみになってしまったのは、青年が近づいてきたからだ。

彼はレティーシャの横に立つと、テーブルにばんと手をついた。そしてレティーシャの顔をまじまじと見下ろす。

「あ、あの……」

「一応、会ったことがあるんだけどな。あんた、何が気に食わなかったんだか知らんが、ずっと俯《うつむ》いていたし、レオ兄にだけ挨拶してさっさと行っちまったから、覚えてないのかもしれないが。確かにレティーシャ・ラファイエットって名乗ってたからあんただよ」

レオ兄にだけ挨拶をして……あ！

言われて思い出す。いや、正確には彼のことを思い出したわけではない。

初めてのパーティーでレオナルドに挨拶をしたとき、自分なりにうまく挨拶ができたことに安堵《あんど》して、そのまま帰ってしまった。極度の緊張を強《し》いられていたため、周囲が見えていなかったのだ。

あのとき、隣に彼がいたのだとしてもおかしくはない。

……あのパーティーではいろいろな男性を不愉快にさせてしまったから、早々に退散してしまったし……ああ、思い出したくない……

ほぼ確実に、彼はあの日、不愉快な気持ちにさせてしまった男性の一人だ。

「あれから三年近く経ったことだし、とんでもない美人に化けたのかと思って期待したんだけど、こりゃがっかりだ。あの堅物のセオ兄が気に入った女だし、どんなもんかと思ったのに。シルヴィアさんのほうが美人だったなあ」

「私が十人なみの顔だってことは自分でよくわかっています。よ、用件はそれだけですかっ？」

腹が立ったが、うまく言い返せない。相手が怖かったからだ。

「ランドルフさま、帰国早々、客人に対してそのような態度はいかがなものかと思いますけど？」

震えるレティーシャに助け舟を出したのはコレットだ。

ランドルフ……ああ、セオさまの弟の！

セオ兄とも言っていたし、なるほどと納得する。温和なセオフィラスとよく喧嘩をしているとレオナルドが言っていたことも思い出し、さらに頷《うなず》いた。

注意されたランドルフはつまらなそうな顔をしてレティーシャから離れた。そしてコレットを睨《にら》む。

「まーたそういう細かいことを言うのな、お前」

「コレットです。レオナルドさまに報告しておきますね」

「好きにしろよ。報告ついでに席を外してもらおうか」

ランドルフが指示すると、コレットはレティーシャをちらりと見る。心細かったが、ランドルフはコレットの雇い主側にあたる。従《したが》わないわけにもいかないだろう。

「私なら心配いらないから」

気を遣わせていることがわかったので、レティーシャはコレットを下がらせることにした。

コレットはしぶしぶといった様子で一礼すると、テラスから出ていく。

いよいよ二人きりだ。身構えていると、ランドルフは空いている椅子にどっかと腰を下ろした。

「というわけで、オレがランドルフだ。レオ兄やセオ兄からなんかよくない話を聞いているかもしれないが、よろしくな」

「は、はぁ……」

彼はレオナルドともセオフィラスともだいぶタイプが異なるようだ。レティーシャとしてはどういう態度をとったらいいのかわからない。

兄弟で随分と違うのね……まあ、私もですけど。

「顔のことなら気にするなって。姉二人は美女なんだし、まだ成長の余地は充分にあるからよ」

ランドルフに美人と噂の姉たちの話題を出されてレティーシャはしょんぼりする。励ましてくれたような気もしたが、そう簡単に立ち直れそうにない。

「姉さまたちとは違います」

少し膨れて視線を外すのが精一杯の抗議だ。

「ははっ、そりゃそうだ。オレだって兄さまたちとは全然似てないし」

そう言って、ランドルフは大きな声で笑った。

「一体なんのご用なんですか……？」

早く立ち去ってほしくて呟《つぶや》くと、ランドルフは笑うのをやめて咳払いをした。続けて椅子を引きずり、レティーシャの隣に移動して、喋《しゃべ》り出す。

「セオ兄と結婚するつもりはあるのか？」

「え？」

いきなりの質問にランドルフの顔を見れば、彼は真面目な顔をしている。さっきまでのからかう様子はない。

「セオ兄は、たぶんあんたにシルヴィアさんの姿を重ねていると思う。後ろ姿はそっくりだし、遠目には彼女と見間違える。ちょうど背丈も体格も似ているから」

こうしてはっきりと「重ねている」と言われたのは初めてで、そういうことではないかと薄々感じていただけにレティーシャは言葉が出なかった。

「あんたはそれで幸せなのか？」

不躾《ぶしつけ》ではあるが、とてもまっすぐなその言葉にレティーシャは答えられない。

私の幸せ？

セオフィラスのために何かできることがあるなら率先してやりたいと思えた。それは彼に恩を感じていたからだ。

彼と出会う前と比べたら、自分の言いたいことを声に出せるようになった。男性とも話せる。

こうした変化はセオフィラスのおかげだ。安眠のためにそばにいる対価にしてはあまりある。だから、もっと協力したいと思えた。

私は、結婚したいなんて願っていません。セオさまにはもっとふさわしい人がいるはずだもの。私よりも、もっと素敵な人が。

「今は――」

レティーシャは自分の考えを言葉にする。

「セオフィラスさまのおそばにいられるだけで充分ですわ。私たちは利害が一致しただけの関係ですもの。いずれは終わってしまう。だから……」

「そういう台詞《せりふ》を吐きながら、あんたは泣くんだな」

指摘されて初めて、視界が歪み涙を流していることをレティーシャは自覚した。

「こ、これは、そういうものじゃ……」

慌てて涙を拭《ぬぐ》う。

けれどすぐにはおさまりそうになくて、ランドルフに背を向けた。

「あーあ。セオ兄ってひどい男だなー。純情な女を手篭《てご》めにして、昔の女の代わりにしてるんだもんなー」

「私はそれでもかまいませんっ！　セオフィラスさまが穏やかな日常を送ることができるようにな

りさえすればっ！」

その気持ちに嘘はないのに、言えば言うほど胸が苦しい。でも、割り切るしかない。自分に言い聞かせるためにもはっきりと声にする。

すると、ランドルフに肩を掴まれた。無理に身体をひねらされ、彼の顔が迫る。

そして彼は叫んだ。

「本当はそんなこと、思ってないんだろっ!?」

レティーシャの涙が止まった。

「あんたはセオ兄のことが好きなんだ！　それを認めろ、鈍感抱き枕！」

背筋が伸びる。言い返せなくてレティーシャが口をパクパクさせていると、ランドルフはニカッと笑った。愛嬌のある笑みだ。

「こうでも言わないと、あんたは自分の気持ちを認められないだろ？　そういうタイプだって思った。ま、オレの口が悪いのは根っからだけどな」

「え、えっと……」

何が起きたのだろう。ランドルフが一芝居をうったということだろうか。

「レティーシャさんは、ちゃんとセオ兄に自分の気持ちをぶつけたほうがいい。昔の女に似てるからって理由で抱かれるのは虚《むな》しいだろ？」

レティーシャをきちんと椅子に座らせて、向かい合うようにランドルフが腰を下ろした。

「あの……抱かれるって？」

セオフィラスに説明を求めたけれど、はぐらかされてしまった言葉だ。

添い寝とは異なるようだし、抱きしめるのとも違うようだとは推測しているが、何を指すのかわからない。

尋ねると、ランドルフは目を点にした。

「え？　男女が裸で抱き合って、子づくりするってこと……って、おい、本当に知らなくて訊《き》いてるのか？」

ランドルフがどうして戸惑《とまど》った表情でこちらを見ているのかがさっぱりわからないが、訊《き》いてはいけないことを訊《き》いてしまったらしいことは察した。

「え、あ、もういいです」

気まずくて、紅茶をあおる。

抱かれるというのは訊《き》いたら恥ずかしいことでしたのね……けれど、子づくりするって意味もあるのがわかったわ！

恥ずかしかったが、訊《き》いてよかったような気もした。

レティーシャがセオフィラスに抱かれてはいないのだと理解できたから。少なくとも、裸で抱き合ってはいない。

レティーシャが心の中で納得していると、ランドルフがため息をついた。

「セオ兄の純情さもどうにかなんないもんかねえ。死んだ女に操《みさお》を立て続ける男ってどうなんだよ。こういう中途半端なことはするくせに……そういうとこがずるいんだよな、セオ兄は」

ぶつくさ言っているが、レティーシャにはよく理解できなかった。

気を取り直したところで、レティーシャはランドルフを見つめる。

「あの……よろしければ、シルヴィアさんの事件のこと、教えていただけませんか？」

「知ってどうするんだ？」

「私、囮《おとり》なんです。事件を解決するための。一昨日《おととい》、私も襲われて……。シルヴィアさんのときと同一犯かどうかはまだわからないのですが、手口が似ているからひょっとしたらと。犯人をおびき出すためにどう振る舞えばいいか知りたいのですが、セオフィラスさまは私に細かいことを教えてくださらないんです」

必死だったからか、想像以上に言葉が滑らかに出た。

ランドルフは片目を細めて、レティーシャを見定めた。

「本気で言っているのか？」

「はい！　どんな些細《ささい》なことでもいいんです。お願いします！」

頭を下げると、ランドルフもレティーシャが興味本位で言っているわけではないとわかったらしい。

「嫌なことも聞くことになるかもしれないが……覚悟はあるんだな」

「はい！」

レティーシャが顔を上げると、ランドルフはテーブルに置かれた焼き菓子を一口《ひとくち》かじる。そして彼はシルヴィアについての話を始めたのだった。

＊☆＊

屯所《とんしょ》から戻ってきたセオフィラスは、真っ直ぐランドルフの部屋に向かった。

「なんのつもりだ？」

「久しぶりに帰ってきた弟の部屋を訪ねるなりその台詞《せりふ》って……セオ兄、他にも言うことがあるだろう？」

あきれ顔のランドルフは、直前まで寝ていたのかもしれない。寝間着姿で髪が乱れている。

「レティーシャに会ったことはコレットから聞いている。変なことはしてないだろうな？」

「何を言うかと思えば、それか。よっぽどレティーシャさんを好いているんだな」

「質問に答えろ」

「お茶しただけだよ。心配性だな。そういうところ、レオ兄に似てるよな」

ランドルフの態度を見るに、ひょっとしたらレオナルドからもお小言をもらったのかもしれない。

「彼女とお茶するためだけに帰ってきたわけじゃないんだろ？」

「まあね。部屋で話そうぜ」

ランドルフが招くので、セオフィラスはレティーシャのもとに急ぎたいのを我慢して部屋の中に入る。ドアを開けっ放しでは話せないことがあるのだとわかった。

「――レオ兄から手紙をもらったんだ。セオ兄の力になってやれって」

ドアをきっちりと閉めると同時にランドルフは話し出す。

兄さんは余計なことを……

「オレだって、シルヴィアさんの事件はショックだった。祝福するつもりでいたのに、あんなことになって……。セオ兄が病んでることも知ってるぜ？　庭にハーブを植えるよう指示して向こうから送ったのオレだし」

「どうも」

セオフィラスは、レオナルドが新種のハーブを取り寄せたから庭に植えてみようなんて唐突に言い出したことを思い出した。

なるほど、あれはランドルフが送ったものだったのか。

うなされても時々は眠れるようになったのは、そのハーブで煎《せん》じたお茶を飲むようになってからだ。

直接訊《き》き出されたことはなかったが、おそらくレオナルドはセオフィラスの不眠症に勘づいているのだろう。

「反応薄いなー。これでも心配して探し回ったのにさ」

唇をとがらせて拗《す》ねるランドルフを、セオフィラスはあっさり無視する。

「で。こっからが本題だ」

ランドルフはニヤリと笑って、帰国した目的について話し出した。レティーシャの話題が出て、セオフィラスはランドルフを説教することになってしまったのだけども――

＊☆＊

夜。レティーシャの部屋にセオフィラスが来た。寝る前の時間帯に忍ぶようにして。

朝に別れたきりだったので、互いの報告をするのだろうとレティーシャはベッドに案内しようとしたが、扉を開けた瞬間にいきなり質問された。

「レティ！　ランドルフに何もされていないですよね？」

セオフィラスは部屋に入るなり、頬をペタペタと触り、肩を撫《な》で、腰もとから足先まで手で触れる。ナイトシュミーズ越しの彼の体温に胸がドキドキした。

「え、あの、私、お話ししただけですけど……？」

身体の正面と背後をまじまじと観察したあと、セオフィラスはレティーシャの両肩に手を置いた。

焦燥した表情のセオフィラスに、なぜそんな顔をするのだろうとレティーシャは疑問に思う。

「本当に？　キスされたりしていませんね？」

「まさか。お茶を一緒にしただけで……あ、でも」

ふと思い出して言葉を切ると、肩に乗せられた手に力が入ったのがわかった。

「でも？」

「鈍感抱き枕って言われました。ひどいですよね、私、人間なのに。人間扱いもされないうえに、鈍感って……」

確かに鈍いほうですけど、初対面みたいなものなのに面と向かってあんなふうに言い切らなくたっていいじゃない。

むすっとしていると、セオフィラスにふわりと抱きしめられた。

「ああ、レティ。それは俺の弟がひどいことを。しっかり叱っておきましたので、明日からはそのような態度はとらないと思いますよ。あいつは場をわきまえた態度も一応できるのです。また粗相《そそう》をするようなことがあれば、俺かコレットに言いつけてください」

「わかりました。でも……口は悪いですけど、気遣いもしていただきましたよ？　相手の気持ちがわかるから、わざと嫌がることをおっしゃることもあるようですけど」

心配してくれるのは嬉しいが、セオフィラスとランドルフが喧嘩をするのは望ましくない。誤解をしているんじゃないかと思ってレティーシャは助言をする。

しかし、腕に籠《こ》もる力が増した。

「そんなこと、知っていますよ」

そう告げて、セオフィラスはレティーシャの首筋にキスをする。

「んっ？」

いきなりだったのでレティーシャはびっくりした。身体を強張《こわば》らせるも、セオフィラスは止まることなく、そっと舌を肌に這《は》わせる。

「あっ……待って、セオ、さまっ……」

身体がゾクゾクして、立っていられなくなりそうだ。

「レティ。ここにいて」

返事をする前に口づけられる。舌を絡められ、互いの唾液が混ぜ合わさった。

「んんぅ……」

だんだんと力が抜けてきて崩れ落ちる身体を、セオフィラスのたくましい腕がしっかりと支えた。

「すまない、レティ。俺ばっかり求めて。いつもあなたの都合を聞いてあげられていない」

「ううん。いいんです、セオさま。都合のいい抱き枕で、私はかまいません」

ランドルフから聞いたシルヴィアの話を思い出す。彼女がどうして死んだのかも理解した。

セオフィラスが自分に対して壁を作っている理由がなんとなくでもわかったから、今は訊《き》かないことにした。彼の態度の理由も、その想いも。

「私であなたを癒《いや》せるなら、それでいい」

泣きたい気持ちを押し殺す。

きっと出会うはずがなかった相手。それを繋いだのは、シルヴィアだ。

だから、事件を解決して彼女に報《むく》いたい。少しの間だけでも、セオフィラスと一緒に幸せな時間を過ごせたのだから。

「レティ……」

ベッドに運ばれて、横になる。セオフィラスも隣に来ると、すぐに寝息を立てた。

「疲れていらっしゃるのね……」

彼が頑張っている理由がシルヴィアのためなのだと思うと胸が痛い。でも、それは仕方のないことだと思う。

私はシルヴィアさんの代わり、ですものね。

セオフィラスの腕の中にいることを、今だけは許してとシルヴィアに願いながらレティーシャは目を閉じた。

第八章　穏やかな日常がほころぶとき

ランドルフが留学から戻ったことを知らせるために、レイクハート邸でパーティーを開くことになった。

彼が帰国した日の三日後という急なスケジュールではあったが、公爵家の使用人たちは準備で狼狽《うろた》えることはなかった。招待客への連絡も円滑に進み、突然に決まったこととは感じられない。

こういうことに慣れていらっしゃるのね……

いろいろな手配が滞《とどこお》りなく進んでいくのを、レティーシャは見ていた。コレットにも仕事が回っているらしく、席を外すことがしばしばあるものの別段困ることはない。彼女も忙しくて大変なんだなと思っただけだ。

その間もセオフィラスは休暇を返上して屯所《とんしょ》に出ていたが、いまだなんの進展もないらしい。

報告できるようなことがないことをいつも詫《わ》びていたが、レティーシャは気にしないようにと、自分を責めすぎるセオフィラスを優しく包むことに努めている。

心のどこかで、事件が解決しなければ彼のそばにずっといられるんじゃないかと考え、その気持ちをシルヴィアを思い出すことで打ち消す日々だ。不毛だとはわかっていながら今を大切にすることだけ考え、セオフィラスのそばで眠っていた。

そして、パーティー当日。

レティーシャにとって、昼間に行われるパーティーは初めてだ。コレットに支度を手伝ってもらい会場の大広間に向かう。

その途中の廊下で、フロックコートを着たランドルフと出くわした。きちんと盛装をして立っていれば公爵家の人間らしく気品を感じさせるのだから、あの性格なのは少しもったいないと思う。第一印象こそあまりよくなかったとはいえ、この三日間でだいぶ打ち解けていた。

「へえ。ちゃんとしたものを着たら、それなりに見えるもんだな」

ランドルフはレティーシャの頭のてっぺんからつま先までをまじまじと見つめてウンウンと頷《うなず》いた。

彼女の今日の服装は瞳の色に合わせたアイスブルーのアフタヌーンドレス。フリルがたっぷりつけられてボリュームがあるものだ。アクセサリーは控えめにして、派手にならないようにしている。目立ちすぎず地味になりすぎずを目指した結果だ。

「ありがとうございます」

これが彼なりの褒め言葉であると仲良くなるにつれて学んでいたレティーシャは、にこやかに返す。

「セオ兄には見せたのか？」

今日のパーティーの主役であるランドルフがこんなところでのんびり喋《しゃべ》っていてもいいものかと思ったが、とりあえずレティーシャは首を横に振る。

「会場の警備の最終確認があるからと言って走り回っているようですの。お仕事だから仕方がないのでしょうが、大変ですね」

肩を竦《すく》めて返すと、ランドルフが頭を優しく撫《な》でてくれた。

「ったく、セオ兄は仕事熱心だな。ちゃんとエスコートしろってぇの。オレは警備を頼んでいないんだが」

「でも、そういうところを好いていらっしゃるのでしょう？」

レティーシャの指摘に、ランドルフは顔を赤くしてそっぽを向く。

「別に。オレはああはなりたくないって言ったつもりなんだが」

ぶっきらぼうに告げて、頬をかく。そんな彼をもう怖いとは思わなかった。

これもセオフィラスのレッスンのおかげだ。男性で友だちと認識できる人ができたのは素直に嬉しい。

「まあ、それはそれとして、だ。会場内ではセオ兄から離れるなよ。まだ事件が解決したわけじゃないし」

「心配しすぎだと思いますけど。シルヴィアさんの事件と私が襲われた件が繋がっていると決まったわけじゃないのですから」

にこやかに返すと、ランドルフの表情が曇った。

「関連がないならなおさらだろ？　無差別に襲ったとも決まってないんだ。用心してろ」

狙われているのはレティーシャ自身かもしれないというニュアンスの言葉に、彼女はにこやかに微笑む。ふとランドルフの心配顔がセオフィラスの姿と重なって見えた。

「兄弟そろって心配性なところはそっくりですね」

「茶化すな。オレは真面目に――おっと、将来の旦那がお出ましだ。小言を並べられる前に退散するぜ」

ひらひらと手を振って、ランドルフは華麗に立ち去る。

入れ替わりで、私設騎士団の正装で身を固めたセオフィラスがやってきた。

「レティ。今日のドレスも素敵ですね。華やかさと慎《つつ》ましさが両立していて、可憐《かれん》なあなたを美しく彩《いろど》っていますよ」

「あ、ありがとうございます」

レティーシャの前に立つと、セオフィラスは衣装を褒めた。素直に嬉しい。

「――しかし、あいつと随分と仲がいいのですね。俺がいない間に親交を深めたようで」

ランドルフが消えた方向を見ながら、セオフィラスはどことなくムスッとする。事件が解決していないことで気が立っているのだろうか。

「ランドルフさまとは歳も近いですし、思ったより話しやすいのです」

聞いた話だと三つほど歳上らしい。口調は乱暴だと感じるが、その言葉にはセオフィラスやレオナルドと似た気遣いが存在している。たぶん、悪ぶっているだけで、中身は紳士なのだろう。

ランドルフはそういう意味ではわかりやすいが、セオフィラスはどこか遠慮がちで、壁を感じる。

セオフィラスの口調はいつも穏やかで優しさが滲《にじ》んでいるものの、本当の気持ちからではない気がするのだ。社交辞令が多く、本心を隠しているように思われた。触れてはならない線、越えてはいけない壁――そんなもので常に包まれている。

そうさせているのは、シルヴィアさんなのかしら……

自分は心のうちを明かすに値する相手ではないのだろうと、セオフィラスの態度から想像する。

事件が解決して用済みとなったときは、おとなしくラファイエット家に戻ろうと、レティーシャは密かに誓っていた。

「ああいう男が、好みなんですか？」

「え？」

兄弟と仲良くなっておくのは悪くないことだと思っていたが、セオフィラスの機嫌を損ねた様子だった。彼はランドルフが絡むといつもそうだ。

「男性に慣れて、魅力がわかってきたのでしょう。今まで興味がなかったとしても、違うのでは？」

「私はセオさまが一番素敵だと思っているのですが……」

セオフィラスの問い詰めるようなきつい口調のせいで、ぽろっと本音が飛び出した。レティーシャの身体が瞬時に熱くなる。

や、やだ、私ったら！

「あ、あのっ、私、えっと」

慌てて取り繕《つくろ》うとするが、なかったことにはできない。

セオフィラスはレティーシャの顔を見つめて黙っていた。目を大きく見開いているので、驚いているように見える。

「そ、そういうことですのでっ！　会場に行きましょう！」

いたたまれなくて、レティーシャは先に歩き出す。恥ずかしくてたまらない。

「レティ」

呼ばれて、足が自然と止まる。

少し間があった。

「――事件の犯人が捕まったら、あなたに話しておきたいことがあります。覚えておいてください」

重い口調で告げられた言葉に、レティーシャの鼓動が跳ねた。

別れの予感がする。

彼は抱き枕令嬢と呼ばれていることについて責任を取ると言っていた。何かしら今後の策を話そうとしているに違いない。ひょっとしたら、公爵家の伝《つて》で婚約者候補を紹介してくれるのかもしれない。

レティーシャは振り向けなかった。ただ、了承したことを伝えるために首を縦に動かす。

「わかりました……セオさま」

事件が解決すれば、セオフィラスの不眠症もきっと解消する。そうなれば、もうレティーシャは必要ない。

大丈夫。私はちゃんと理解しているわ。

「今日は俺がずっとエスコートします。兄さまとランドルフにしつこく言われていますし」

「はい。とてもありがたいです、セオさま」

回ってきたセオフィラスに手を取られる。レティーシャは微笑んだつもりだったが、笑顔になっている自信はなかった。


演奏者たちが生み出す音に、人々の談笑の声が混じる。大広間は賓客《ひんかく》でいっぱいになっていた。

ざわめきの中に、『抱き枕令嬢』という単語が紛《まぎ》れている。それが耳に入るたびに、レティーシャの身体が固まった。

「レティ。気にしないで。胸を張って、俺の恋人らしく振る舞ってください」

「ですけど、それでは……」

セオフィラスの迷惑になる。それが胸に引っかかった。

「そうしないと、エスコートしていることが不自然でしょう?」

セオフィラスにそのように促《うなが》されると、演技せざるを得ない。

「承知いたしました」

できる限りいつも通りに。セオフィラスの足を引っぱりたくない。

それなのに否が応にも冷やかす声は聞こえてくる。

レティーシャはだんだんと不安になった。

恋人のふりをしたところで、不釣り合いなのは変わらない。抱き枕令嬢と呼ばれ続けているのは、それだけ恋人同士に見えないということだ。

そうとなれば自分の演技では装《よそお》いきれない。こんなことではダメだとレティーシャが自分を責めていたときだった。

ランドルフのよく通る低い声が会場に響く。

「――せっかくの機会なのでこの場を借りて言っておきますけど、二人は正式に婚約しているんですよ。そういうことですので、レティーシャさんをからかわないでやってください。セオフィラス兄さまの妻になる人なんで」

はいっ⁉

こういう正式な場で、なんという嘘をつくものだろうか。

レティーシャだけでなく、この場にいたすべての人たちが目を丸くし、彼女たちに好奇の目を向ける。

「あ、あの、セオさまっ」

助けを求めてセオフィラスの袖を引っ張ると、彼はにこやかな顔を向けた。

「安心して、レティ」

安心できるわけがない。セオフィラスはこのことを知っていたのだろうか。

あわあわと口を動かすレティーシャを、セオフィラスは腰に手を回して引き寄せた。

「弟からのいきなりの報告になり申し訳ありません。ですが、彼女とは健全なお付き合いをしています。抱き枕令嬢と揶揄《やゆ》するのはやめていただきたい」

セオフィラスが宣言すると、来客たちは一瞬ぽかんとしていたが、やがてポツポツと拍手が起こる。

打ち合わせも何もなかった。招待客以上にレティーシャは戸惑《とまど》っている。

私が婚約？　セオさまと？　な、なんの冗談なのでしょう？

頭が状況の処理に追いついていかない。会場を包み込む盛大な拍手が遠くに聞こえる気がした。現実味がない。

「えっと……夢でしょうか？」

冗談ではないのなら、夢である可能性が否定できない。セオフィラスを見上げながら問えば、顎《あご》に手を添えられてキスをされた。

「現実ですよ、レティ。少々想定外の展開ではあるのですが」

耳もとで囁《ささや》かれるとくすぐったい。

よくわからないが、ここは彼に合わせればいいのだろうか？

けれど次の瞬間、レティーシャはのんきに戸惑《とまど》ってはいられなくなった。

「渡さない！　僕はこんな場面を見たくてここに来たわけじゃない！」

怒鳴り声が響き、空気が変わる。レティーシャたちを囲むようにして立っていた客たちがさっと左右に分かれた。

道の先には、長めの銀髪を後ろで一つに束ねているフロックコートの男性——セシル・ベネディクトの姿があった。遠目に見ても目が血走っている様《さま》がわかり、化け物のような気迫を宿してレテイーシャたちにゆっくりと近づいてくる。

「シルヴィア。愛しい僕のシルヴィア。一緒に死んで、永遠を生きよう」

彼は自身の腰もとに手を伸ばし、華美な装飾が施《ほどこ》された拳銃を握る。フロックコートの下に忍ばせていたようだ。

悲鳴が上がり、客たちが慌てて会場の外に逃げていく。扉が次々に開かれ、待機していたらしい騎士たちが誘導を始めた。

「シルヴィア……どうして僕の前から消えたんだい？　婚約も一方的に破棄して……ひどいじゃないか。永遠の愛を誓ったのにっ」

セシルは身体をふらつかせながら、ゆっくりゆっくりと歩みを進める。そして引き金に指をかけ、腕を上げた。

「ひ、人違いですっ！　シルヴィアさんは三年前に亡くなったんですっ！」

レティーシャは叫んだ。

シルヴィアは野盗に貞操《ていそう》を奪われ、その現実に耐えきれずに自害した。セオフィラスと結婚の約束をし、大々的に発表する直前に起きた悲劇だ。

レティーシャはランドルフからそう聞いていた。物取りではなかったことから、暴行が目的だったのだろう、とも。

そしてレティーシャは思い出す。

オズワルト邸からの帰り道、自分を襲った人物が似たようなことを言っていたこと、そしてその右手には星座のような痕があったことを。

「セオさま、右手の甲を確認してください。私を襲った犯人には、星座を模《も》したかのような火傷《やけど》の痕があったんです！」

レティーシャは犯人の特徴を騎士たちに伝えそびれていた。せっかく重要なヒントを見ていたのに、教えていないなんてやはり自分は鈍臭いと思う。

「なるほど」

セオフィラスは頷《うなず》く。

セシルは今、手袋をしているためすぐに確認できない。だが、取り押さえてしまえば、見られる。

「シルヴィア。僕ともう一度一つになろう。今度は魂ごと一つに。なあに、怖いことは何もない。僕がずっとそばにいてあげるから！」

定まらない照準。発射された弾はレティーシャたちの横に穴を穿《うが》つ。

「レティは下がって！」

レティーシャはセオフィラスの背後に押しやられる。

その動きに合わせて、セオフィラスも銃を抜いた。滑らかに構え、弾を放つ。

銃声が轟《とどろ》いた。

続いて苦痛の声が上がる。何かが床に落ちる音に続いてさらに銃声がした。

「があぁっ！」

セシルが右腕から血を流しセオフィラスを睨《にら》んでいる。

「よくも……よくも僕のシルヴィアを……っ！」

「そもそも、シルヴィアはあなたのものではない」

銃をしまったセオフィラスはセシルに駆け寄り、抵抗の隙を与えないままに組み伏せた。

「あなたとシルヴィアは婚約などしていない。事業の拡大を狙ってオズワルト伯があなたにシルヴィアとの結婚をチラつかせていたのは事実ですが、彼女の心はあなたになかった。勘違いしないでいただきたい」

「嘘だ……貴様の都合のいいように捏造《ねつぞう》しているだけだっ！」

ぎゃあぎゃあわめくセシルを、セオフィラスはしっかり押さえる。

「その言葉、そのままお返しします」

セオフィラスが血まみれになった手袋を引き抜くと、そこにはくっきりと火傷《やけど》の痕があった。夜空に並ぶ星を想起させる位置に丸い引きつりが置かれている。

手が見えるところまで近づいたレティーシャはそれを見て力強く頷《うなず》いた。間違いない。

「セオさま、同じ痕ですわ」

「そうか……よかった……」

「団長！」

人がまばらになった扉から姿を現したのは、エドウィンとアダルバートだった。二人はすぐに状況を確認したあと、セシルを縄で縛り始める。

「レティーシャさん、無事ですか？」

案じる声をかけてきたのはアダルバートだった。

「これであなたの仕事は終わりです。怖い思いをさせてしまいましたね」

「いえ……」

アダルバートに、レティーシャはゆっくり首を横に振る。

目の前で事件の幕が下りた。緊張状態から解放されて、彼女はすとんと座り込んでしまった。

セシルは抵抗できないように腕を縛られ、右腕に止血のためのハンカチーフが巻かれている。そんな状態ながらも、言葉にならない何かをずっとわめき散らしていた。

「詳しい話は別の場所で聞こうか」

エドウィンがセシルを立たせる。アダルバートもエドウィンと一緒にセシルを挟むようにして立ち、大広間から連行していった。


セシルとの対決は短かったはずだ。だが、そうは思えなかった。

心臓が忙しく動き、興奮を伝えてくる。それは婚約発表されたときのそれとは全く違った。

周囲が静まっている。それに気づいたのはしゃがみ込んだ身体をセオフィラスに抱きしめられてからだった。

「巻き込んでしまい申し訳ありませんでした、レティ。あなたと会ったときはこうなるとは思っていなかったのです。囮《おとり》にするために近づいたつもりもなかった」

「セオさま……」

「実は犯人の目星はついていたのです」

そして、セオフィラスは経緯を話し出した。

レティーシャが襲われたあの翌朝から、シルヴィアを返せと書かれた手紙がレイクハート邸に届くようになったそうだ。

手紙が直接届けられていることに気づいたセオフィラスはそれを見張り、届けにきていたのがベネディクト家の使用人であることを突き止めたという。それでベネディクト家についてを調査することになったようだ。

その調査でシルヴィアが生まれたオズワルト家とベネディクト家の関係がわかったらしい。オズワルト家に話を聞くと、シルヴィアのことだけあって正直になんでも話してくれたという。

事件が起きた三年前、ベネディクト家とオズワルト家は共同で植民地に関連した事業を行っていた。その結びつきを強固なものにするため、オズワルト伯はセシルに縁談を持ちかけたことがあったそうだ。しかしシルヴィアはセオフィラスと恋仲になっており、オズワルト伯はセシルよりも公爵家の次男であるセオフィラスをとった。

その前に、お見合いを兼ねてセシルとシルヴィアは何度も顔を合わせており、その気になっていたセシルはシルヴィアに振られると強硬手段に出たのだと想像された。

もしかしたらシルヴィアは自分を襲った犯人に気づいていた可能性がある。自身の兄が一緒に仕事をしている人物だったため、糾弾《きゅうだん》できず余計苦しんだのかもしれない。

シルヴィアが亡くなったあと、セシルは賭け事にのめり込むようになり、共同事業は今では主体がオズワルト伯のものになっているそうだ。

「――おそらく、シルヴィアを襲ったのも彼でしょう。聴取できるか怪しいですが……あの街灯を壊すように指示したとされる人物とも外見が酷似していますから、なんらかの処罰はされると思います。あなたにも随分とご迷惑をおかけしました。お詫《わ》びします」

謝るセオフィラスに、レティーシャはゆっくりと首を横に振る。

「事件が終わったのならそれで充分ですわ。これでゆっくり眠ることができますね」

「不安でぐっすり眠れなかったのでしょう？　俺ばかり先に寝てしまっていたので、気になっていたのです」

まさかこの状況で自分が心配されていたとは思いもしなかった。レティーシャは慌てて彼の言葉を否定する。

「あ、いえ。私は神経が図太いので、決してそんなことは。私が言っているのはセオさまのことです。シルヴィアさんの事件が解決したのなら、不眠症は治るはず。私の仕事も終わります」

言いたくなかったが、きちんと自分の言葉で伝えねばわかってもらえない。レティーシャはセオフィラスの目を見てはっきりと告げる。

そして、レティーシャはあることに気づいた。あの場で婚約を発表したのはセシルを煽《あお》るためだったのだ。

「――婚約の話、とても嬉しかったです。でも、あれはセシルさまを焚《た》きつけるためのものだったのですよね。私、落ち着いたら帰宅します。長々と居候《いそうろう》するわけにはまいりません。今まで大変お世話になりました」

セオフィラスの口から別れの言葉を聞きたくなくて、早口気味にレティーシャは言う。

これで終わるんだと思うと切ないが、そもそもシルヴィアが繋いだ縁である。彼女のことが片づけば、いずれにせよ用済みだろう。

すると、セオフィラスが悲しげに顔を歪めた。

「レティ。どうしてそんな話をするのですか？　俺はあなたにそばにいてほしい。これからも、ずっと」

レティーシャは立ち上がり、セオフィラスから離れた。両手を握り拳《こぶし》にして、セオフィラスを見下ろす。

「やめてください！　あなたの心にはシルヴィアさんがいらっしゃるの。私はシルヴィアさんの代わりです。そばにいたら、きっとあなたは彼女を思い出してしまうでしょう。私はつらい顔のあなたを見るのが嫌なのっ！」

私はセオさまのことが好き――

彼のためだったらなんでもしようと思う。だから、怖かったけれど、囮役《おとりやく》だって引き受けたのだ。

そうやって今まで頑張ってきた。最後は彼のために去らないといけない。綺麗にお別れしなければ。それが一番彼の幸せだから。

レティーシャは強く手を握りしめて涙が出そうになるのをグッと堪《こら》えた。

「レティ。それは誤解だ！」

セオフィラスは勢いよく立ち上がり、レティーシャの手を掴む。

「確かにシルヴィアのことを思い出すことはありました。ですが、俺はみんなが言うほどあなたがシルヴィアに似ているとは思えない。そんなこと以上にあなたを想っていた！　シルヴィアの事件にケリをつけたら、あなたときちんと向かい合おうと決めていたんです。あなたのいない朝なんて迎えたくない。俺にはレティ、あなたが必要なんです！」

そう言うと、セオフィラスはレティーシャに口づけた。逃げようとする頭をしっかり手で支えられ、角度を変えながら何度もキスされる。

本当に？　信じていいの？

涙がつっと流れた。

「レティ。俺はあなたを愛しています。もうあなたを悲しみで泣かせない。結婚してください、レティ」

レティーシャの涙を手袋のままの手で優しく拭《ぬぐ》い、セオフィラスは告白した。

「私で……いいんですか？」

「レティじゃないといけませんよ。俺を心地よい眠りに誘うのはあなたしかいないんですから」

そのおどけた口調に、レティーシャはつい笑ってしまった。

「私は抱き枕じゃないですよ？」

「知っています。これからはちゃんと抱きますから、覚悟してくださいね、レティ」

再び口づけをする。それはどちらが先だったのだろうか。

幸せを噛みしめているとき、唐突に大広間に低い声が響いた。

「おーい。二人の世界になっているところ申し訳ないんだが、片づけとかいろいろあるんで切り上げてくれませんかねー？」

ランドルフのからかいを含んだ声に、レティーシャは我にかえった。さっとセオフィラスと距離をとってランドルフのいるドア付近に目をやる。その背後にはレオナルドや他の騎士たちの姿もあった。

「別にすることしてるところを見せびらかしたいなら、遠慮なくどーぞ！」

「しませんっ！」

レティーシャが俯《うつむ》いて叫ぶと、セオフィラスもそれに続ける。

「するわけがないだろう！　そもそも、お前があんな大勢の前で婚約したなんて嘘をつくから、面倒になったんだろうがっ！」

なおも冷やかしてくるランドルフに、セオフィラスはつかつかと歩を進めて詰め寄る。

「いーじゃねぇか。パーティー中ずっとエスコートしていればヤツを煽《あお》れるなんて、悠長すぎるだろ？　オレは短気なんだ」

面倒くさそうに言い捨て、ランドルフはレティーシャのほうに目を向ける。

「それに、いつまでも抱き枕令嬢だなんて呼ばせたらかわいそうだ」

ランドルフなりに思うところがあったらしい。口は悪いがよく見てくれているし、彼はいい人だ。

「もっともだが、危《あや》うくレティに怪我させるところだったことを忘れるな。拳銃を所持している可能性は話していたのに、よくもまあ、あんな無謀なことを」

「セオ兄の騎士団が優秀だと見込んでのことじゃん。文句があるなら、ずっとレティーシャを警護して、こうなる前に犯人を捕まえられなかったことを反省しろよっ。仕事熱心なくせに、夢中すぎて肝心なものがよく抜けるよな、昔っから！」

「本当に口の減らない弟だ！　俺は俺できちんと計画を立てて実行しているんだ。それを邪魔しておいて、よく言えたものだな！」

「ごほん」

いつまでも続きそうな兄弟喧嘩をレオナルドが大きな咳払いで黙らせた。

レティーシャは苦笑しながら見守ることしかできない。

睨《にら》み合っているセオフィラスとランドルフの間にレオナルドが割って入っていく。

「本当に二人とも仲がよすぎて困るねえ。楽しい会話はこの辺で終わりにして、それぞれ仕事に戻ったらどうかな？」

引きつった笑顔のレオナルドの提案に、二人はそれぞれ別のほうに身体を向けた。

「そうですね。俺は屯所《とんしょ》に向かいます。アダルバートたちと合流して、事情聴取に参加しないと。レティ、夜には戻りますので」

「はい。いってらっしゃいませ」

にっこりと微笑んで、レティーシャはセオフィラスを送り出そうとした。ところが、ランドルフが噛みついてくる。

「ふーん。責任感が強いのも面倒なんだな。レティーシャを一人にしておくなんて」

そう言いながら、レティーシャを引き寄せて腰に手を回す。

「自分のものになったとわかった途端にそんな調子じゃ、オレが彼女を慰《なぐさ》めちゃうぜ?」

「ランドルフさま、からかわないでください！　セオさま、私なら大丈夫ですのでお気になさらないで！」

じたばた暴れると、ランドルフは解放してくれた。

もう、なんなのかしら?

セオフィラスがランドルフを睨《にら》む。

「レティに手を出したら、ただじゃおかないからな。行ってきます」

そう宣言して、出ていった。

「――セオ兄は愛情表現にちょっと難があるけど、あの様子なら心配ないな。ただ、レティーシャ、今夜は覚悟しておいたほうがいいぜ?」

セオフィラスの背を見送りながら、ランドルフがからかうような口調で告げる。レティーシャはその言葉の意味がわからなくて首を傾《かし》げた。

「気が立っていらっしゃるからですか?」

こんなことがあった夜は興奮状態で落ち着かないことだろう。レティーシャもそんな予感がする。

「寝かせてもらえないかもしれないってこと」

「ああ、事件のお話をずっとされるかもしれないってことであれば大丈夫です。私も気になりますから」

思ったことを素直に答えると、なぜかランドルフが頭を抱えていた。

「どうかなさいました?」

「余計な心配だったみたいだからもういい。コレットと一緒に部屋に戻って休みな。疲れているだろ」

会話が噛み合わなかったらしいことは伝わってきた。だが疲れているのは確かなので、レティーシャは言葉に甘えて部屋に戻ることにする。

「そういうことでしたら、お暇《いとま》いたします」

ランドルフからレオナルドに顔を向ける。

「よろしいでしょうか?」

この場で一番偉い立場にいるレオナルドに念のために尋ねると、彼は優しく微笑んで頷《うなず》いた。

「ええ。ゆっくり休んで。必要があれば呼びますので」

「ありがとうございます」

レティーシャは一礼すると、やってきたコレットと合流する。

ランドルフさまは何を心配してくれていたのかしら?

片づけの指示を出しているランドルフを横目で見ながら、モヤッとするものを胸に抱えてレティーシャは大広間から出たのだった。

夕食の時間帯には間に合わなかったらしく、その日の晩餐《ばんさん》にセオフィラスは姿を見せなかった。

今夜は戻ってこないのかも。

セシルから訊《き》き出したいことがたくさんあるのだろう。ひょっとしたら、事情聴取が難航しているのかもしれない。

入浴を終えてナイトシュミーズに着替えると、レティーシャはベッドに横になる。コレットに下がってもらったので、今部屋には一人だ。

今日は疲れてしまったわ……

昼寝もしていたのだが、睡魔の囁《ささや》きに勝てそうにない。そっと目を閉じた。

＊　☆　＊

すっかり夜もふけてしまった。事情聴取で明るみに出たことを忘れないうちに書き留めようとしていたらこのざまだ。

待たせてしまっただろうか……いや、もう寝ているか。

セオフィラスはレイクハート邸に戻ると、真っ先にレティーシャの部屋を訪ねた。

扉を軽く叩いてみるが反応はない。さすがに疲れて眠ってしまっているのだろう。

でも、一目だけ……

合鍵を使って部屋に入り込む。この合鍵はいつも部屋をそっと出るときに使っていたのだが、入るときに使うのは初めてだ。

部屋は意外と明るかった。レティーシャはベッドサイドの明かりを消し忘れたまま眠ってしまったようだ。

セオフィラスは音を立てないようにベッドに近づく。起こしてしまったら悪い。

やがてベッドのわきに立つ。レティーシャは何もかぶらずに眠っていた。

「まったく……そんな薄着では風邪をひいてしまいますよ」

毛布をひっぱり、レティーシャの上にそっとかけてやる。彼女はもぞもぞと動いた。

可愛い……

彼女を見ていると心が安らぐ。その寝顔はなおさら気分を落ち着かせた。

無防備で、安心しきった顔。隣でセオフィラスが寝ていても、彼女は穏やかな顔をして眠る。セオフィラスが眠ってしまえば、隣にいる必要もなかったはずなのに、彼女は律儀にいつもそばにいた。

こんな顔を毎朝見せられたら、一生そばにいてほしいと思うものですよ。

ベッドの端に腰を下ろし、自然と彼女の頭を撫《な》でていた。指どおりのよい赤毛はいつまでも触れていたいと思える。

「んん……」

声がして、セオフィラスは慌てて手をどけた。

そろそろ戻るか。これだけ触れ合えば、熟睡できるだろうし。

彼女の眠りの邪魔をしてはいけない。そっと立ち上がった。

＊　☆　＊

セオフィラスが部屋に入ってきたらしいことがレティーシャにはすぐにわかった。

知らない人だったらどうしようかと一瞬恐怖するも、屯所《とんしょ》でご馳走になったハーブティーの香りに気づいて、訪問者がセオフィラスだと確信する。本人は気づいていないようだが、彼からはあのハーブティーの匂いがするのだ。

どうしましょう……

足音を忍ばせてこちらに来ていることから、起こさないように配慮してくれているのはわかる。ここで起きたら彼は気を遣うだろう。だから寝たふりをしていたものの、なかなかセオフィラスは離れていかない。

毛布をかけてもらえたのはありがたかったが、レティーシャは対応に困った。頭を撫《な》でられると、嬉しいけれど、とてもくすぐったい。思わず声が漏れる。

セオフィラスの手が離れた。彼がベッドから遠ざかる気配がして、無意識のうちに手を伸ばしていた。

「セオさま、待って」

彼の腕を捕まえることができた。セオフィラスは目を丸くしてこちらを見る。

待ってって言ってしまったけれど、よく考えたら用事なんてありませんのに……

「どうしました？」

「さ、寂しいから、そばに……いてほしいんです」

出まかせの台詞《せりふ》に自分でも驚いた。はしたないと思われそうだ。

ベッドで上半身を起こしたまま、レティーシャはセオフィラスを上目遣いに見つめる。

彼は困った顔をしていた。

「そばに……ですか。かまいませんよ。起こしてしまったようですし」

「気にしないでください。起きて待っていようって思ったのに、寝てしまって……お会いできて嬉しいです。今夜は戻らないかも、ここにはいらっしゃらないのかもって思っていましたから」

ベッドの端に座るようにとレティーシャはシーツを叩く。セオフィラスは指示の通りに腰を下ろした。

「心配させてしまいましたね」

「眠れないんじゃないかって思いましたの。仕事のことで頭がいっぱいになってしまうから」

寝起きで頭が回っていない。言葉が拙《つたな》くなっているのは仕方ないと諦め、ただ精一杯話す。セオフィラスと離れたくないという気持ちだけで喋《しゃべ》り続けた。

すると、セオフィラスが不敵に笑う。

「では、仕事を忘れさせてくれますか？」

「どうすればいいですか？」

「俺に身体を預けて」

キスをされる。触れて、互いを確認すると、セオフィラスに唇を食《は》まれた。

「んっ」

口づけをしながらセオフィラスの手はレティーシャの肩を撫《な》で、ナイトシュミーズの肩紐を落とした。まずは左を、そして右も肩紐が落とされ、胸もとがあらわになる。

レティーシャは胸がはだけたことで、ようやく服を脱がされていることに気づいた。

「セ、セオさまっ？」

どうして裸にされかかっているのかわからず、キスをやめるとレティーシャは胸もとを隠して後《あと》退《ずさ》った。抵抗するのも勉強に必要なことだ。講義だからとすべてを受け入れる必要はない。

セオフィラスはレティーシャを追ってベッドに上ってきた。彼が近づくたびにレティーシャはジリジリと下がる。

「よく眠るための儀式のようなものですよ。必要なら胸を揉んでもかまわないとおっしゃったのは嘘でしたか？」

「あ、あれは、その……」

触ってほしいと感じてそう告げたのではあるが、いざそうされると抵抗があった。

それに――レティーシャはランドルフの言っていたことを思い出す。

「レティ？」

ナイトシュミーズの裾をセオフィラスに踏まれてしまった。下がれば下がるほどに服が脱げていく。背中が壁にぶつかったときには、胸もとを覆《おお》っているのは腕だけで、ドロワーズしか身につけていない状態になっていた。

ど、どうしてこんなことに……

恥ずかしさで身体が上気している。熱い。

「さ、触ってもいいのですけど、服は脱ぎたくないと言いますか……裸で抱き合ったら子どもができると聞きましたので……その、結婚することは決まりましたけれど、それは早いのではないかしらって」

身体を見ないでほしいのに、セオフィラスの視線を肌で感じる。しっかりと記憶に刻みつけられているような熱い視線だ。

胸がドキドキする。

「そんなことを、どこで？」

「抱かれるという意味をランドルフさまに尋ねたら教えてくださいました」

「実践で教えられたわけじゃないんだろう？」

急な口調の乱れにセオフィラスの苛立《いらだ》ちを感じ取った。彼は上着を乱暴に脱ぎ捨てた。

「と、当然です！　私が男性を苦手としていること、一番ご存知でしょう？」

「なら、俺で知ればいい」

レティーシャが狼狽《うろた》えているうちに、セオフィラスは上半身だけすべて脱いでしまった。

どこを見ても引きしまっている。女性と比べて腕はとても太くてたくましく、当然のように肩幅もある。胸板もしっかりとしていて、厚みが感じられた。その下の腹筋も割れていて、明らかに自分の身体と違うとレティーシャは思った。

ど、どうしたら……

逃げられないと悟ると同時に、その身体に触れてみたいとも思ってしまい、自分自身にも戸惑《とまど》う。

レティーシャの視線に気づいたのか、セオフィラスは困った顔をして微笑んだ。

「――レティ。今日は触るだけにしますから。これでおあいこでしょう？」

おあいこだと言われると、それもそうだなと思える。

でも、芸術的な彫刻みたいに美しい肉体を持つセオフィラスと違って、自分のプロポーションに自信がない。彼女は腕でしっかりと胸もとを隠した。

「そんなに見られたくないですか？」

「は、恥ずかしいですっ」

レティーシャが答えると、セオフィラスは仕方がないといった表情をした。レティーシャの腕を掴んで引き寄せ、ベッドに組み敷く。

仰向けに寝そべるレティーシャにセオフィラスが重なった。彼のアメジストの瞳はレティーシャの目をしっかりと捉《とら》えている。胸が高鳴った。

「では、見ないでおきましょうか」

キスをされる。優しくて甘いキスに力が自然と抜けていく。

「随分とキスが上達しましたね。とても心地がいいです」

「んっ……全部セオさまが教えてくれたことですよ？」

「教え甲斐《がい》がありますね」

ふっと笑われて、再びキスの時間がやってきた。

「はぁ……んぅっ……」

息継ぎをするために離れると、自分のものとは思えない艶《つや》のある声が漏れた。もどかしくなって身体をくねらせれば、セオフィラスの手が胸を包む。汗ばんでいて、とても熱い。

「セオさま……」

「レティ。とても可愛いです」

首筋に口づけをされ、くすぐったさの中に熱を感じる。

胸を撫《な》でていた手はやわやわと優しく動き、指先が頂《いただき》をかすめる。すると身体がじんと甘くうずいた。今まで感じたことのないものだ。

「あっ、なんか、変ですっ……」

レティーシャは怖くなって、制止のつもりで告げたのに、セオフィラスは赤くとがり始めた先端に触る。

「ああっ、ダメ、それはっ」

やめてほしくて身体をずらすと、セオフィラスがしっかりと追いかけてきた。

「気持ちがいいのでしょう？」

「わ、わかんな……ひゃっ!?」

今までと違う感触が右側の胸に与えられて、思わずのけぞる。その拍子に胸の色づいた部分をすっぽりと口に含まれていた。舌先でいじめられると、ますます胸のあたりがジンジンとする。

「ああっ」

右胸を舐《な》められ、左胸を揉まれている。レティーシャはこの状況を受け入れられなかった。

「セオ、さまっ」

触れられていない場所までうずいている。

何が起きているの？

初めての感覚だ。このままセオフィラスに任せていていいのだろうか。

「あえ……ぐ？」

「レティ。好きなだけ声を出していいですよ。喘《あえ》ぎたいだけ喘《あえ》いでください」

「どんなあなたでも、俺は受け入れますから」

そう言われても声を出すのは恥ずかしい。自分が自分でなくなってしまったみたいだったから。

「んんっ……」

声を我慢して耐える。汗で全身がしっとりし、息も上がっていた。

どうなったら、解放していただけるのかしら？

気持ちがいいのかそうでないのかよくわからない。

続けていてほしい気持ちと早く終わってほしい気持ちがないまぜになって、こういうときには何をすればいいものなのかと、レティーシャは必死で考える。

「セオさまっ、私……」

とにかく苦しいということだけはわかった。どうすれば終わりになるのかわからないが、休憩をはさんでもらいたい。けれど、呼吸が乱れ、うまく声が出せなかった。

「つらそうですね……もっと身も心も任せていただけたら、楽になると思うのですが……」

もっとと言われても、何をしていいのかわからないのだから困る。

胸への刺激がやんでほっとしたレティーシャだったが、セオフィラスが困惑と心配の合わさった表情を浮かべているのを見て、不安になった。

私、何か変なのかしら？

でも、セオフィラスにそれを訊《き》くのは恥ずかしい。

「レティ。ひょっとしたら、あなたはこっちのほうが感じやすいのかもしれませんね」

胸を触っていた手がするりと足へ移動する。そして――

「やっ！」

彼の長い指先が腰を撫《な》で、ドロワーズに触れた。

「あっ！」

それだけでも恥ずかしいのに、指先が移動した瞬間、身体がビクッと反応する。大きな声が出てしまい、さらに恥ずかしい。

「ここがいいんですね」

セオフィラスは何かを確信した表情になる。

「ま、待って、やっあっ、そこは、きたな、んっ⁉」

そこにレティーシャの身体をしびれさせる場所があるらしく、軽く触れられただけでも言葉を発せられなくなった。

「心配しないで、レティ。……俺を求めてくれているんですね」

セオフィラスの瞳に欲情の炎が揺れている。嬉しそうに微笑んでくれているのを見て、これで正解なのだと思えた。

自然に任せ、言葉にならない声をひたすら発し、身体をくねらせる。セオフィラスに口づけされて舌を絡められながら、不思議な波が身体の奥から起こるのを感じた。

何、これ……っ！

波が激しく大きくなっていく。ゾクゾクする巨大なうねりに呑み込まれたとき、視界がひらめいた。

「あ、んっ！」

脳の奥までしびれたようになって、ガクガク身体が震える。

高揚感《こうようかん》と倦怠感《けんたいかん》に包まれて、レティーシャは弛緩《しかん》した。走ったあとのように息が上がり、汗にまみれている。ベッドの上でセオフィラスに身体を任せていただけなのに。

とろけた気分でセオフィラスを見やる。

私、どうなって……？

「ねえ、レティ。気持ちがいいでしょう？　夫婦になったら、もっと気持ちがいいことを教えて差し上げます」

そう告げると、セオフィラスはさっきまでレティに触れていた指先をペロリと舐《な》めた。その行為に驚いて、レティーシャは目を丸くする。

「……今度は、手ではなく直接舐《な》めてみたい」

「そ……そんな」

レティーシャは混乱して声を出すが、言葉にならない。

「心配しないでください。今夜はここまでにしておきますから」

そう言って、セオフィラスは大きな欠伸《あくび》をしてみせた。

「俺は寝ますね。レティも眠れるようなら眠ってください。明日から忙しくなりますよ」

レティーシャの身体に毛布をかけ、そこにセオフィラスも入り込んだ。二人を包んでもまだあまる毛布は、最初から二人で眠るように用意されたものらしい。

「は、はい」

「おやすみ、レティ」

額《ひたい》にキスを落とし、数秒後には寝息が聞こえてきた。

寝ちゃったの……？

身体はだるいが、動けるようにはなった。隣にいるセオフィラスに向くと、彼の鍛えられた上半身が目に入る。

せ、せめて上着を羽織《はお》ってからにしていただきたかったのに！

薄明かりの中、浮かび上がる肉体はところどころ光っていて、汗をかいていたのがわかった。

風邪をひくのではと心配になり、レティーシャはセオフィラスを抱きしめた。熱を持った今の自分の身体であれば暖かいだろうと考えて。

……ここちいい。

肌が触れると気分が落ち着いた。互いに汗でしっとりとしていても、触れる範囲が広くなった分だけ安らぐ。

頭を撫《な》でてもらったりキスしたりすると気持ちがいいのだから、肌が触れて気持ちがいいのは当然だ。

密着したいのに自分の胸が邪魔だなと感じながら、レティーシャはセオフィラスにしっかりと寄りそって眠りに落ちた。

＊　☆　＊

ぴったりとくっつくレティーシャがぐっすり眠っているのを確信すると、セオフィラスはそっと目を開けた。

無知は凶器になりうるな……

すやすやと気持ちよさそうに眠るレティーシャを見やり、小さくため息をつく。初夜の楽しみにしようと寝たふりまでしたのに、どうも彼女には物足りなかったらしい。

まったく、レティは無自覚だから困る。

こんな調子だからランドルフもからかうのだろうと思うと頭が痛い。用心せねばと胸に刻んだ。

レティが来てから不眠症は解消していたのだが、今夜は眠れるかどうかわからない。

愛しい温《ぬく》もりを抱きかかえて横になるという拷問にいつまで耐えられるだろうかと、セオフィラスは恨めしく思いながらレティーシャを見つめていたのだった。

＊　☆　＊

互いの気持ちを確認し終えたあとは目まぐるしく時が過ぎた。レイクハート家もラファイエット家も二人の結婚を祝福してくれた。

婚礼の儀が終われば、いよいよ二人の新しい生活が始まる。

「レティ？」

「はいっ」

婚礼の儀を明日に控え、段取りを懸命に確認していたレティーシャはセオフィラスに呼びかけられた。レイクハート邸で行われている最終調整の最中で、今はちょうど二人きりだ。

セオフィラスに顔を向けると、彼はにっこりと幸せそうに微笑んでいる。

「明日からのレッスンは今までとは変えないといけませんね」

「はい？」

思いが通じてからも、彼との男性に慣れるレッスンは続き、触れ合っていた。恋人同士がすることをたくさん学んできたつもりだ。クラクラするような口づけと温かな抱擁《ほうよう》、優しい愛撫。彼に触れられるのはいつだって心地よい。

なのに、明日からはレッスンを変えないといけないと告げられて、レティーシャは首を傾《かし》げて不安に思った。

「恋人としての俺に慣れるのではなく、夫としての俺に慣れていただかないと困りますから」

何がおかしかったのか、セオフィラスが小さく笑ったのちに、そう答える。

「どう違うのですか？」

「それは明日の夜のお楽しみにしたほうが良いでしょう」

「ですが、セオさまはお疲れになって眠ってしまいますでしょう？」

出会った当初ほどすぐに寝てしまうことはなくなったと感じているが、最近でも同じベッドに入ればレティーシャより先にセオフィラスは眠ってしまう。仕事に復帰して疲れているのだから当然だと思っていたのだが。

「寝たふりをしていたのですよ」

「まあ。では不眠症が再発して――」

思わぬ告白に心配して問いかければ、セオフィラスが腹を抱えて笑い出す。

「あ、あの」

笑われる意味がわからなくて、レティーシャは小さく膨れる。納得できない。

「レティ。俺の不眠症はしっかり治っています」

「本当に？　それはとても喜ばしいことですわ」

彼が頷《うなず》いたのを見て、レティーシャは心から喜んだ。

長らく患《わずら》い、大変な思いをしていた時期をようやく脱したのだとわかって安堵《あんど》する。

微笑んで応えると、セオフィラスが僅《わず》かに苦笑した。

「やっぱりレティは俺が言っている意味を理解できていないようですね。先が長そうだ」

そう言って、困惑するレティーシャに近づくと、ぎゅっと抱きしめる。そして、唇を彼女の耳もとに寄せた。

「明日の夜はきっとあなたのほうが先に眠ってしまいますよ。覚悟してくださいね、愛しのレティ」

訊《き》き返そうとするレティーシャの唇をセオフィラスが唇で塞《ふさ》いだ。

明日の夜にわかるなら、今訊《き》かなくてもいいかしら……

楽しみにしていればいいとセオフィラスが言うのだから信じよう。

レティーシャは彼との口づけに幸せを感じながらそう思った。

一花カナウ（いつかかなう）
2017 年『不眠症騎士と抱き枕令嬢』にて念願の書籍デビュー。
ペンネームに込めた願いを果たす。別名義でも執筆活動中。
石好き。

イラスト：あららぎ蒼史

本書は、「ムーンライトノベルズ」（http://mnlt.syosetu.com/）に掲載されていたものを、改稿、加筆のうえ、書籍化したものです。

不《ふ》眠《みん》症《しょう》騎《き》士《し》と抱《だ》き枕《まくら》令《れい》嬢《じょう》

一花カナウ（いつかかなう）

2017年2月3日初版発行

編集－黒倉あゆ子・羽藤瞳
編集長－塙綾子
発行者－梶本雄介
発行所－株式会社アルファポリス
〒150-6005 東京都渋谷区恵比寿4-20-3 恵比寿ｶﾞｰﾃﾞﾝﾌﾟﾚｲｽﾀﾜｰ5F
TEL 03-6277-1601（営業） 03-6277-1602（編集）
URL http://www.alphapolis.co.jp/
発売元－株式会社星雲社
〒112-0005東京都文京区水道1-3-30
TEL 03-3868-3275
装丁・本文イラスト－あららぎ蒼史
装丁デザイン－ansyyqdesign
印刷－中央精版印刷株式会社

価格はカバーに表示されてあります。
落丁乱丁の場合はアルファポリスまでご連絡ください。
送料は小社負担でお取り替えします。

ISBN978-4-434-22928-2 C0093